Ⓢ新潮新書

五木寛之
ITSUKI Hiroyuki

マサカの時代

761

新潮社

イラスト　柳　智之

マサカの時代……目次

【自分のことは棚にあげて】

【健康は乱調にあり】

非常民のライフスタイル
百年人生への不安
日常生活不可能の一歩手前で
健康は乱調にあり

【人生百年時代を生き抜く】

オールド・ジャパンの未来
アラハン時代の晩年とは
モノを捨てる心を捨てる
人生後半戦をガラリと変える
人生のアクメを過ぎた後で
私たちの神ははたしてどこに
私は死の覚悟などできない

「マサカの時代」の到来

近ごろ、専門家や情報通と呼ばれる人たちの予想が外れることがしばしばある。

少し前まで私は、その種の「マサカ」には、あまり驚かないほうだと思っていた。それでも最近、現実に起きる出来事には驚かずにいられない。メディアを含めて大方の予想が外れ、マサカの現実にぶつかる。そのたびに、「やっぱり、確実な未来予測などないものだな」、あらためてそう痛感することが増えている。

先年の衆議院選挙でも、一時は小池総理の可能性まで取りざたされたのが、結局は自民党が圧勝したように、先が読めないことがつぎつぎに起こる。二〇一六年は海外でもイギリスのEU離脱が決まり、トランプの大統領当選があった。昨今の相撲界の不祥事もそうである。

経済を見ても、株価がバブル崩壊以降で一時最高値を更新する一方で、東芝や神戸製鋼、日産、東レといった大企業が、経営危機や不祥事に揺れている。自動車業界は電気自動車シフトに雪崩を打ち、ＡＩ（人工知能）を業務に導入する大手銀行が、相次いで大リストラを打ち出すようになった。

ひと昔前、就職すれば親戚一同にも鼻高々だった大企業でさえ、一生安泰というわけではなくなった。まさに時代の大転換期なのだ。

もちろん、いつの時代も「マサカ」という出来事は起こる。しかし、今の時代はそれが非常にドラマチックな形で、目の前に迫ってきているという実感がある。「マサカ」の上に「マサカ」が続く、そういう時代だと感じないではいられない。

＊

これまで自分の八十五年の人生を振り返ると、自分にとって最大の「マサカ」は、やはり外地で迎えた敗戦だった。当時、私は中学一年で、軍事教練と軍国教育を受けて育ち、いずれは特攻隊員として敵艦に突入するのだと思い込んでいたものだ。それがある日突然、日本が敗けたという。少国民の一人として、呆然と立ち尽くすしかなかった。マサカ、神国日本が敗けるなんて——と。

大人たちの中には、戦況の推移を見て、どうも敗色濃厚だと考える人もいたらしい。しかし、戦争に敗けることによって、それまで支配国の国民が、植民地でどういう目に遭うのか、日本人はそれまでまったく経験したことがなかったし、予想さえすることができなかっただろう。実際、それ以降に起きたことは、私にとって「マサカ」「マサカ」の連続だった。

ソ連軍進駐後の悲劇は言語に絶するものだった。その前後に体験したこと、その記憶は何度か本に書いたことがあるが、少年期の傷跡として、いまだに消えることなく私の中に残っている。

今の人たちは意外に思われるかもしれないが、日中戦争や太平洋戦争、あるいは第二次大戦は、決して「マサカ」という事態ではなかった。あの戦争は、長い時間をかけて、徐々に形成されてきたものだったからだ。

明治に入ってから、日本は日清戦争と日露戦争で二つの大国に勝利をおさめ、日韓併合を経て、大陸へと進出していった。さらに私が生れた頃になると満州事変、それに続く国際連盟脱退と、ひたすらに戦争に向かって突き進んでいく。

戦後になって、関東軍など大陸の現地軍が時の内閣の指示を無視して、独断で戦線を拡大したのだとよく批判される。しかし、当時の軍人といえども単に無謀だったわけではない。銃後の日本国民の熱い後押しがあると見込んだからこそ、政府の意向を無視して暴走することができたのだろう。国民全体が、早くやれ、なぜモタモタしているんだ、そう煽っていることを後ろ盾にすることで、あえて動くことができたのだ。

確かに、満州事変の際、朝鮮軍が独断で国境を越えて満州へ入ったのは重大な命令違反である。しかしマスコミや国民は、司令官の林銑十郎《せんじゅうろう》を「越境将軍」と呼んで大いに持ち上げて英雄視し、政府も処分をうやむやにしてしまった。

あの戦争は、軍人だけが起こしたわけではなく、私たち国民もまた、戦争に向かって邁進していったのだ。

当時の国民感情は、満州建国や大東亜共栄圏を熱烈に歓迎していた。その背景には、明治以来の国家による徹底した皇国教育があり、大陸への進出という国民からの願望や熱望があった。それらが絡まり合い、ミックスされてさらに高まっていく。子供心なりに、その実感があった。

今を戦前の再来だと言う人がいるが、あの時代とは明らかに違うのではないか。国民全体が戦争に対して必ずしも熱狂してはいない。

北朝鮮のミサイルや核兵器の問題にしても、実際にミサイルが飛んできたら、頭を隠して物陰に隠れろ、ぐらいの指示しかできない。たぶん米軍と自衛隊が守ってくれるだろう、戦争は自分たちには関係ない、そう思っているかのようだ。

世間はなるべく耳をふさいで、雷が鳴っていても聞こえないかのように暮らしている。誤解を恐れずに言えば、戦争に対して国民の現実感がないのは、かつてのような総力戦の意識がないことも背景にあるかもしれない。

いずれにせよ、国内の政治変動にせよ、国家同士の関係にせよ、まったく予想がつかない状況になりつつある。にもかかわらず、日本だけでなく、世界的に危機感が感じられていない。それが不思議なのだ。

どんな時代にも国民感情というものはある。戦争の危機だ、Xデーはいつか、いや絶対に起きない——専門家やジャーナリストがいくら論理的に分析し説明したところで、無意識のストレスとして、人々の心の裡に積み重なるものがあるはずだ。それが理性をすり抜け、やがて膨れ上がった感情が全体意志となり、事態を大きく動かす。そういうことは今後、十分ありうるのではないだろうか。

北朝鮮情勢が緊迫してきて、戦争経験者としてどう思うか？　そう聞かれることがあるが、正直言って、わからない。体験者だからわかる、と言うのも嘘になる。ただ戦争というのは、人類が抱えた病なのではないか、そう思うことがある。

「杞憂《きゆう》」とは、古代中国の人が、天が崩れ落ちてくるんじゃないかと憂《うれ》えたことを揶揄した言葉で、不要な心配と考えられていた。しかし、その意味が変わる日が来るかもしれない。現実感も切迫感もないまま、突然、いきなり戦争が始まる、その「マサカ」だってあり得るのではないだろうか。

*

ここ数年の世界情勢の推移を見ていると、政治的、経済的に、やむなく、力ずくで祖国や郷里から引き離された人々が驚くほど多く世界中に流動している。こんな時代はかつてなかっただろう。そこでふと頭に浮かんでくるのが、「デラシネ」という言葉である。

今から半世紀前の一九六八年、パリで五月革命が起きた。民主化を要求する学生運動が、「自由・平等・自治」を掲げた労働者のゼネストへと拡大し、フランス中が騒然となった。当時、私はたまたまパリに滞在していて、帰国後、五月革命を舞台にした小説『デラシネの旗』を書いている。

デラシネとは、もとはフランスの作家モーリス・バレスが多用した言葉である。彼は、第一次大戦から第二次大戦前の不安定な時代に活躍し、政治活動にも進出するなど、社会的影響力のある作家だった。小説『デラシネ』で、祖国の大地と切り離された人々を、ナショナリズムの立場から「デラシネ」と否定的に表現したのだ。それに対して、アンドレ・ジッドなど様々な文化人が猛反発し、いわゆる「デラシネ論争」が起きた。

考えてみると、私自身がデラシネなのだ。昭和恐慌の中で両親とともに日本を離れ、朝鮮半島に渡った。祖国では食えないから植民地へ行ったわけで、移住者の大半がそうだった。そして戦争に敗れ、彼の地から追放され、再び日本列島へ引揚者として戻って来た。いわば二重のデラシネである。

カミュの小説『異邦人』のエトランジェ（*L'Étranger*）を、私は勝手に「引揚者」と訳して読んでいた。なぜなら、私にとって『異邦人』は引き揚げ文学に他ならないから。仏領アルジェリアに育ち、太陽と海とがアイデンティティだったカミュが、やむを得ず本国へ引き揚げてくる。当時のフランスは世界中に植民地を持っていた。そこから追放され、引き揚げてきた人々は「ピエ・ノワール」（黒い足）と呼ばれた。これは、明らかな蔑称である。

二〇一五年に起きた風刺週刊紙「シャルリー・エブド」襲撃事件で印象的だったのは、事件後のデモの光景である。五月革命では、警官隊がデモ隊に催涙弾を発射し、パラシユーティストと呼ばれる植民地から派遣された実戦部隊が、学生たちの鎮圧に当たっていた。しかし、あのデモでは、大統領をはじめ各国要人が腕を組んで先頭を歩き、デモ隊を警護する警察官に花束を渡す若い女性の姿があった。つまり、あのデモは、異邦人に対する官民挙げての「NO」だったのだ。

それに続くパリ同時多発テロ、ブレグジットやトランプの排外的な政策など、今、欧米諸国はデラシネに対する強烈な反感に覆われている。

＊

そもそも、人口の流動は二十世紀から続く問題なのだ。欧米諸国にかぎらず、スターリン時代のソ連では何十万人もの単位で強制移住が行われた。最近、独立騒動のあったスペインのカタルーニャ州にも、よその土地から強制移住させられた人々がいる。

またアジアに目を向ければ、ミャンマーの少数民族ロヒンギャ、シリアをはじめ混迷が続く中東では、祖国を持たないクルド人の存在があらためてクローズアップされている。

移民も難民も、何も好きこのんで流れ者になったわけではない。自分の国を頼れないから、他で生きる道を模索しているのだ。

ヨーロッパでも、はじめは旧東欧から労働条件のいい先進国に移ったのが始まりで、そのうちに生きるために母国を離れざるを得ない中近東やアフリカの人たちが、難民となって大挙して押し寄せてくるようになった。

つまり、国家が溶解状態になり、国という枠を超えて人間が行き来する。そういう時代なのである。

こうした流動には、日本も無関係ではいられない。もし朝鮮半島で有事となれば、大量の難民が押し寄せてくることは間違いないだろう。

以前、対馬に行ったとき、海岸線を歩いていて、プラスチック片やカップ麵の容器など大量のゴミが流れ着いているのを見て驚いた。多くはハングル文字が書かれていて、海流にのって自然に対馬に流れつく。当然ながら密入国だってある、そう地元の人から聞かされたものだった。

デラシネの時代、人口流動の世紀、その影響はプラスに働くこともある。例えばノーベル文学賞を受賞したカズオ・イシグロは長崎生まれの日本人で、イギリスにとってはエトランジェだ。またコンラッドも、ポーランドの没落貴族の子弟から船乗りになり、イギリス船に乗り込んで言葉を覚え、ついには立派な英語を使って小説を書くようになった。異邦人が英文学をより深く、豊かにしたということだ。

ロシアを代表する国民的文学者プーシキンは、何代か前にロシアへやってきたエチオピア人の末裔だった。こうした例は枚挙にいとまがないのである。

国家のアイデンティティが揺らぐ時代、すなわち難民や移民が増える時代ほど、他方ではナショナリズムが勃興する。フランスでもドイツでも極右民族主義勢力が支持を広げ、アメリカに限らず、あらゆる国々が「自国ファースト」を唱えるようになった。今後の世界はいよいよ混沌としている。

＊

昨今、意図的に事実と違うニュースを流す「フェイク・ニュース」が話題だが、今はむしろ、「オーバー・ニュース」の時代なのだと私は思う。

情報過多という意味と、客観的に見たら誇張しすぎという意味で、世の中はそういう類いのニュースで溢れている。それを伝えるメディアの側も、グロテスクな事件や、危機感を煽れば煽るほどに、生き生きとしている。

そのように極端に走る傾向の一つとして、まったく正反対の意見が、両方出てくることがある。アベノミクスも、株価が上昇したから成功だと言う人もいれば、バブルだと批判する人も少なくない。政治にせよ、経済にせよ、これほど真逆の意見が堂々と出てくる時代は、戦後七十年間なかったのではないか。

身近なことでは健康情報もそうだ。先日、ある新聞で、癌に対する新説で知られる医師の近藤誠さんが、こんどは減塩は寿命を縮めるということを言っておられた。

ちょっとしたやけどや傷はむやみに消毒してはいけないというのも、少し前までトンデモ説扱いだったのが、今は常識のようになった。逆に、過度のジョギングは体に悪い、ウォーキングもよくない、炭水化物などの糖質摂取も積極的にするべし、など、他にもこれまでの常識とかけ離れた説が次々と出てくる。

こうなると、いったい何を信用すればいいのか。私たち素人は正反対の意見のいずれが正しいのか皆目わからず、日々刻々の情報にみんなが右往左往しているような状態なのである。

私の趣味の一つは、十年ぐらい前の経済雑誌を読むことだ。そこでは、様々な学者やエコノミストが日本経済の先行きを予測しているが、そのほとんどが、外れているのが痛快である。後になって、自分が間違っていたと反省する本を出された人もいるが、ごく少数派だろう。

本として刊行される大半は、なぜバブルは起こったのか、なぜ崩壊したのか、という後付けの話ばかり。後からの理屈は誰でもつけられる。そうではなくて、その道の専家として、十年後はこうなる、という見通しを聞きたいものだといつも思うのだ。

先日、気鋭の経済学者、井手英策さんに伺った話では、日本はたいへんな貧困国なのだという。実質賃金は下がり続け、国際統計ではこれも低い、あれも低い、と色々なグラフを示しながら説明していただいた。

けれども、ほとんどの日本人は、中国人観光客を見て、どうですか、日本っていい国でしょう、ぐらいに思っているのではあるまいか。

実際に地方に行けばわかります、と井手さんは言われたが、私自身、地方にはかなり出かけているし、地方はシャッター街しかないというわけでもないのである。

それなら今の日本は、まだ本当に悲鳴を上げていないだけなのか、自分が悲鳴の聞こえないところにいるだけなのか、そこがどうもわからないのだ。

現在、子供の七人に一人が貧困だと言われるが、土門拳の写真集『筑豊のこどもたち』のように、ボロに裸足で走り回っているような光景はあまり見られない。では、貧困は見えないのか、見えないところにある貧困なのか。

母子家庭が大変だというのはよくわかる。非正規社員が四割を超えたと聞くと、確かにたいへんな世の中になったと感じる。貧困、格差社会と呼ぶなら、実際その通りなのだろう。

しかし、いま私たちがありがたがる文化遺産は、絶対的な権力と富の偏在なくしては生まれなかった。エジプトのピラミッドも、法隆寺や東大寺などもそう。西洋のクラシック音楽も同じである。文化というのは、壮絶な格差社会の中からしか生まれない。つくづく、文化とは罪深いものだと思わずにはいられない。

世の中の格差をどんどんなくしていった平らな世の中からは、もはや圧倒的な文化財は生まれない。それは別にかまわないとしても、人間の格差というものを、どこまで突き詰めればいいのか。背の高い人と低い人、走るのが速い人と遅い人、歌がうまい人と先天的に下手な人——人間には、生まれながらに背負った格差がある。そして誰にも責任を問うことのできない、運命の格差というものもある。それをどう考えるべきか。

＊

「マサカの時代」の到来

格差社会以上に私たちが直面している大問題に、未曾有の少子高齢化がある。ずっと前から予想されていたことだが、人口減少と高齢化が恐ろしい勢いで進んでいる。

かつては老人が大事にされた時代があった。その人生経験や様々な知識を次の世代が貴重なものとして受け取ることで、社会が成り立つ。そういう面が確かにあったのだ。ただ、それは高齢者の数が圧倒的に少なかったからでもある。家で食事する時に、おじいちゃん、おばあちゃんが一人ずつならまだしも、双方の老親が四人並ぶと少々うっとうしいかもしれないし、全員を大事にするのはいささかしんどい。要するに、多すぎる老人が社会の重荷になってきているのだ。

近年、国は、高齢者を施設や病院に預けるのではなく、できるだけ家庭や地域で見守るようにと言っている。つまり、「絆《きずな》」というわけである。

しかし個人的には、あまり賛成できない。そもそも絆の語源は、家畜を逃がさないように縛り付けておく縄《なわ》のことで、拘束するという意味になる。だからこそ、私や寺山修司などの世代は、郷里の肉親の絆、血縁の絆、地域の絆など、様々な絆から脱出しようと地方から上京してきたのではなかったか。戦時中にあった隣組《となりぐみ》にしても、相互扶助をうたっていたものの、実際には、住民同士を監視する仕組みだった。そうした数々の「絆」から逃れることは、戦後の一大テーマでもあったのだ。

誰にも看取られない孤独死や単独死を、世間は悪いことのように言う。しかし、私は必ずしも悪いことだとは思わない。もちろん、死後何日も経ってから発見というのでは周りに迷惑をかけるから困るが、死亡時に、すぐどこかに伝わるような仕組みさえあればそれでいい。今、そういう方法を備えておくことは、さほど難しくないのではないか。

超高齢化社会と言うが、果たしていつまでのことなのか。今は介護施設も火葬場も足りず、入居も火葬も順番待ちの状態だという。だからもっと数を増やせと言うが、六百七十万人の団塊の世代が消えたら、火葬場はたちまちガラ空きになってしまうだろう。

これほど老人が多い社会は永続的なものではない。一時的な、いわば高齢者バブルなのだ。それがはじけた後は少子化世代がやってくるから、人口そのものが少ない時代を迎える。

団塊の世代が退場し、少子化と呼ばれた世代が大きくなったとき、日本社会がどうなるか。本当の問題は、そういう急激な人口減にあるのではないのか。

現在、世界の人口は全体で一年間に八千万人ぐらい増えているという。タイの人口が約六千八百万人だから、毎年タイ一国分以上が増えているのだそうだ。たいへんな増え方である。そして、増えているのは主に開発途上国で、先進国では軒並み減少している。こうした人口増減の落差こそが、重大な問題なのではあるまいか。

それが世界情勢にどんな影響をもたらすのかわからないが、予想を超える変化が迫っているのは間違いないだろう。

日々の雑事に追われる私たちは、戦争の危機とか、少子高齢化とか言われても、自分にとってリアルな現実として切迫感を持てないでいる。私はそんな状態を、冗談に「心配停止状態」と呼ぶことがある。

ただ不思議なのは、それが日本に限った話でなく、世界的に危機感がないように見えることだ。人間というのは、正面から向き合うには大きすぎる不安、それこそ天が落ちてきそうな不安に対しては、内心では薄々感じながらも目をそらす。わかっていながら黙殺する傾向があるようだ。

＊

それでも、時代は人を待ってはくれない。常に何が起きるかわからない、本物の「マサカ」の時代。その中で、個人にできることは何なのか。

一つ言えるのは、人は自分の死生観を持つべきだということだ。

いま自分が生きていること、やがて確実に死ぬということに対して、自分なりの答えを用意しておかなければならない。

いつ何時、癌の宣告を受けるかわからない。ある日突然、通勤途中で交通事故に遭うことだってある。保険に入り、老後資金が三千万円あれば生涯安心、というものではない――「マサカ」に備え、何が起きても慌てず騒がず、一時は驚きうろたえたとしても、その現実を認めて生き抜けるように、普段からイメージトレーニングしておく必要があるのではないか。しきりにそう思うのだ。

「死生観」と言っても、確かな死生観を備えるのは簡単ではない。

ひと昔前は、死んだら極楽浄土に迎えてもらえると理屈なしに信じて、ひたすら念仏を唱える人たちが大勢いた。しかし、時代とともにそうした宗教の力も弱くなっている。俳句の吟行や民謡の会など、仲間と楽しく過ごしている中では、それは得られない。死生観を確かめるのは、やはり自分一人の時しかないのだから、孤立していることも必要だろう。

「禍福《かふく》はあざなえる縄のごとし」という諺《ことわざ》があるが、人生は必ずしも禍福が交互にやってくるわけではなく、善《よ》い行いをしている人が必ず幸せになるわけでもない。悪いことばかり重なって、なぜこうも災難ばかり立て続けに起こるのか、そう言って運命を恨むこともあるかもしれない。

けれども本来、世の中は不条理に満ちているものではないか。ブッダはその「苦」にとことん向き合った。「苦」とはつまるところ、自分の思うままにならない、不条理な世界に生きているということに他ならない。それは、いつの時代であっても変わらない。

よく生きる。人としてよりよく生きる。それこそが人生の意味だと言う人がいるが、「よく生きる」の意味自体、およそ曖昧だ。私は、年を経るにしたがって、ますます人生の真実、意味というものが見えなくなってきた気がしている。それだけ死生観を持つのは難しい、とも言えるだろう。

親きょうだいが早くに亡くなったことで、若い頃は自分も短命だと決めつけていたが、気がついたら平均寿命よりもずっと長く生きている。これも「マサカ」の一つだ。

そして今、十年先の世界を見届けたいという思いが、日増しに強くなっている。この先、時代がどう移り変わっていくのか、この国と世界ではいったい何が起きるのか……おそらく、あらゆる予測は外れるだろう。それが、「マサカ」の時代なのだ。その「マサカ」の時代に私たちは生きている。

オーバー・ニュースの時代

マスコミという因果な職業

テレビをつけると、やたらと天気予報の番組が多い。チャンネルを変えても、同じ時間帯に一斉にお天気情報をやっている。

大きな台風がくるとなると、キャスターは大張りきりだ。一見、心配そうな表情をつくってはいるものの、内面の高揚ぶりは隠せない。

マスコミとは、つくづく因果な職業だと思う。悲惨な事故がおこったり、国外からの脅威が高まったり、大事件が発生したりすると、たちまち水をえた魚のように生き生きしてくる種族である。

かつてこの国が戦争をしていたときのジャーナリズムもそうだった。ノーベル賞の受賞や、皇室の慶事を報道するときもボルテージは高いが、やはりどこかにお仕事感がただよう。しかしショッキングな事件となると、野生動物が本能に目覚めたように血が騒ぐのが、ありありと見えるのである。

今年は不倫のニュースの氾濫だった。しかし、視聴率や読者の好奇心を忖度《そんたく》しているだけのことで、本気で情熱を燃やしているわけではない。

マスコミは本能的に血に飢えている。最大の流血といえば、やはり戦争だ。東アジアの緊張感がリアルに緊迫したなら、不倫のニュースなど洟も引っかけられないだろう。そういうマスメディアの本能とくらべて、ネットに流れる話題は、かなりクールである。

私自身は不器用だし、横書きの文章が苦手なので、パソコンは触らない。したがってネットとも無縁の旧人類だが、人からネットの話題をきいては大笑いする。ビジネスや企業とは関係ない話題が、妙にクールでおもしろいのだ。

「ブログにこんな話がありましてね」

などと知人、友人に教えてもらっては、後で思い出し笑いをしたりすることが多い。

「さあ、台風がくるらしいから、帰って車をみがいておかなきゃ」

と若い編集者が言う。

「え？　その話は逆だろう。台風が過ぎたから車の手入れをするんじゃないの？」

私は昔、『雨の日には車をみがいて』などという小説を書いたことがあった。台風の前に高級車を洗車にだして、オーナーから叱られる青年が出てくる話だ。

「イツキさんの小説に、そんなのありましたっけ」

「うん。四十年ちかくも昔の作品だから、きみが生まれる前の話」

「そんな古い作品の題名をよくおぼえてますね」

「そんなことはどうでもいい。しかし、なぜ台風がくる前に車の手入れをするんだい」

「ぼくは屋外駐車場をつかってるんです。なかなか屋内駐車場を借りる経済的余裕がなくって」

「なるほど。野ざらしか。サスペンションがいたむよ」

「都心だと月に四、五万円も覚悟しなきゃなりませんからね。洗車の料金までは払えないんですよ」

「それで？」

「台風がくる前に車に洗剤をたっぷりかけておくんです。すると翌朝は台風一過、愛車がピッカピカになっているという寸法」

「はーん。なるほど」

「マンションの窓拭きって、大変じゃないですか。だから台風がくるってえと、急いで窓ガラスに洗剤を吹きつけておく。雨風がはげしければはげしいほど綺麗になる。みんなやってますよ」

「本当かね」

「ネット情報ですから」

「まあ、理にはかなった話だな」

「イツキさんは髪を一年に二、三回しか洗わないんですってね。本当ですか。ネットに出てましたけど」

「それはフェイク・ニュースだ。正確には春夏秋冬、季節の変り目ごとにちゃんと洗ってます」

「なぜシャンプーしないんですか?」

「面倒くさいからだよ。不精なだけさ」

「いいことを思いついたぞ」

と、相手が目を輝かせて言う。

「台風が接近したら、頭にシャンプーをたっぷり振りかけて、傘をささずに散歩するんです。近頃の台風は集中豪雨をともないますから、洗いとすすぎが一緒にできるし。シャンプー液とリンス剤が合わさった洗剤も発売されてますから。英国製のバブアーの半コートでも着て、風に吹かれてフラフラと。いやー、恰好いいじゃありませんか」

「年寄りをおちょくるんじゃない」

若い編集者は調子にのって、

「永井荷風の『濹東綺譚』じゃないけど、イッキさんが髪にシャンプーをたっぷりかけ、鶯谷か大塚あたりの紅灯の巷を台風の晩に歩いてると、『おじいさん、ちょいとそこまでつかまって歩いていい?』とかなんとか風俗嬢が腕を組んでくる。ふと見ると色白のきりっとしたいい女。『おぐしがなんだかいい匂い――』と鼻をうごめかせて――」

「いい加減にしたまえ」

「すみません。ひょっとしたら良い小説が書けるかと」

「余計なお世話だ。早く帰って、愛車を洗剤まみれにしてきなさい」

テレビが大騒ぎしていたわりには、その晩、台風は温帯低気圧に変って、大した風も吹かなかった。豪雨もこない。

朝、洗剤まみれのままの車を見てがっくりする青年の顔を想像して、思わずにやりとする老作家であった。

真理は刻々変ると覚悟する

世の中には、いろんな性格の人がいる。それも一面的に、こういうタイプときめられないところが不思議である。

たとえば、几帳面な性格の人が、ある面でおそろしくルーズだったりすることが少くない。

一緒にレストランなどへいく。高級な店だと、フォークやナイフなどがテーブルクロスの上に整然と並んでいる。しかし、ときどきスプーンやナイフなどが少しずれていたりすることがある。すると、なにげなくそれを直したりする人がいる。

壁に絵がかかっていて、それがちょっと斜めにかしいでいたりすると、落着かないタイプの人がいる。たしかにそういうことは気になるものではある。ずっと何年もそのままになっているのを見て、なぜ店の人は平気なのだろうと思ったりする。

しかし、そういう細かな事が気になるタイプの人が、暮しの中ですべてに几帳面だとは限らないところがおもしろい。

私もどちらかといえば、物の位置が歪んでいるのは気になるほうだ。書店の平台の上の本の列が乱れていると、お店の人の目を盗んで位置を直したりする。もちろん自分の本ではない。

そのくせ自分の部屋や机の上は、乱雑の極みなのだから不思議である。靴磨きに熱中していたかと思えば、脱いだ上衣をハンガーにかけもせず、丸めて放り投げたままにしているのだから辻褄《つじつま》があわない。

手は洗うが、頭は洗わない。爪は切るが、耳垢はとらない。健康には気をつかっているが、食事や睡眠はめちゃくちゃである。一日ずっと食べない日もある。この何十年か、まともに日光を浴びたことがない。

要するに生きた人間というのは、そんなに整然と統一されたものではない、ということだろう。

諺《ことわざ》というのは、たしかに真実を言いあらわしている。つくづく感心することもある。

だが、どんな場面にでも通用するかといえば、そうでもない。そこが難しいのだ。

沈黙は金、などというが、アメリカの大統領選挙の様子を見ていると、沈黙して勝つということはありえないと思われてくる。だが、やたら口数が多ければいいという訳でもない。そこが厄介なのだ。

いま私たちの周囲には、さまざまな意見が渦巻いている。食べものから医療、老後の生き方から死に方まで、正反対の提言が多すぎて、何をどうすればよいのか立ち往生してしまいそうだ。

ガンの検査などするな、という提言が大きな影響をあたえたと思ったら、最近は一日も早く検査を受けるべし、という大キャンペーンが始まった。

痛風にはビールが効く、という専門家の発言にびっくりしていると、たちまち反論が出てきた。ＴＰＰをめぐる意見もさまざまだ。

異論、反論が渦巻くのは、いいことだ、という見方もある。

私たち一人一人が矛盾した存在なのだから、そんな人間の集りである社会が支離滅裂なのは当然だろう。真理は刻々と変ると覚悟したほうがいいのかもしれない。

先日、これまでの健康法とまったく反対の革命的な新しい意見を目にした。その本を読んで目からウロコの感をおぼえたのだが、最後のほうで、一挙に幻滅した。

すべての本と同じように、早寝、早起き、そして規則正しい生活をすすめていたのだ。きまった時間に起き、きまった時間に食事をし、きまった時間に寝る。タバコやアルコールを避け、カツ丼や、甘いものは口にしない。日々のニュースに腹を立てたりするのも禁物。背筋をシャンとのばして、大きく腕を振って歩く。いつも静かに笑って、呼吸はおだやかに。

そういう人になりたいか、ときかれれば、私はなりたくない、と答えるだろう。

私は自分が乱雑に生きている、と自覚している。終始一貫していないし、まったく言行不一致な人間である。言うこととすることが全然ちがったりもする。妙なところに細心の注意を払ったり、そうかと思えば投げやりに暮すことを楽しんでいたりもする。なるほど、これはいい、と思うと、すぐにそれを試みる。そして三日かそこいらで投げだすのが、いつもの例だ。

私は数字が苦手である。年号などもすぐに忘れてしまう。ある時、暗記力を高める、という本を読んで、これだ、と思った。その本に書かれたメソッドを身につけようと試みたが、一週間と続かなかった。なぜなら、暗記力を高めるやり方を忘れてしまったからである。

そんなわけで、歴史的な話題になると、時代区分がはっきりしない。適当に喋ると、

「それは時代がちがいますよ。正確にはですね」

と、いちいち訂正してくる相手がいる。たぶん曖昧な話が気になってしかたがないタイプなのだろう。テーブルの上のフォークやナイフの位置を、そっと直したりするのは、そういう性格の持ち主だ。

人は矛盾のかたまりである。世の中もそうである。あまり論理的に考えすぎるとストレスがたまってくる。ひょっとすると、人に厳しく、自分に甘く、という生き方もあるのかもしれない。

世の中は速く、一生は長く

映画、テレビにかかわらず、外国ものを見るときには、日本語の字幕つきのものを選ぶことが多い。

日本語の吹き替えも、最近では驚くほど上手になって、あまり違和感をおぼえることがないのだが、なんとなく外国の雰囲気をあじわいたくて、つい吹き替えを敬遠してしまうのだ。

そのことを話していたら、

「しかし――」

と首をかしげる人がいた。

「最近の若い人には、どちらかといえば吹き替え版のほうが人気があるらしいですよ」

「ほう。なぜだろう」

「画面の端にでる日本語の訳文が読めないんだそうです」

「読めないって、そんなに難しい字を使っちゃいないだろうに」

「いや、そうじゃなくて、字幕のスピードについていけないらしいんですよ」

「ふーん」

そういえば私たち旧世代は、字幕の訳文を端から丁寧に一字ずつ読んだりはしない。何行かの文字をブロックとして一瞬のうちに読み送っている。画面から文字へ、いちいち視線を移したりもしない。文字を読むというより、画面と文字とを同時に見ているのだ。

最近の若い世代は、文字を読むスピードが落ちているのだろうか。

いや、そうではあるまい。携帯でメールを送るスピードは電光石火の早業だし、会話のほうも驚くほど速くなっている。テレビの司会者やゲストたちの喋りも立板に水、どころか坊主の頭にシャワーだ。

昔は外国のアナウンサーや司会者の息もつかせぬナレーションに驚嘆したものだった。しかし、今ではマシンガントークは当り前、コメンテーターの識者の皆さんまでものすごい早口である。おそらく昭和のころの倍ぐらいにはテンポアップしているのではあるまいか。

これだけ速く喋るようになった日本人が、日本語の文字を読むのに苦労するわけがない、と思うのだがどうだろうか。

たぶん私たちの世代は、外国のドラマに外国らしさを求めているのかもしれない。『スーツ』とか、『マッドメン』とかいったTVドラマの世界に、アメリカの都市の空気というものを感じたいのだ。ニューヨークの広告業界で働くクリエーターや、若いパラリーガルに、「それは合点《がってん》承知の助」などと言ってもらいたくはないのである。

私たちの世代は、ゆっくり喋ることを美徳として教えられてきた。巧言令色《こうげんれいしょく》は恥ずかしいことであり、「そうでごわす」の一言が金鉄の重さをもつと語られてきた。不言実行、などというのも当時のモットーである。人前でものを言うときには、まず口の中でその言葉をくり返し、その上で口外せよ、とも教えられた。

しかし、戦後、世の中は滔滔《とうとう》とスピードをもって尊しとする方向へ驀進する。その時勢に適応するために、おのずとこちらも早口言葉に慣れなくてはならない。

私は子供のころからせっかちなタイプだったので、そこそこ時代に適応できたと思う。しかし、それでも最近のマスコミ人の早口には唖然とするばかりだ。

最近、八十の手習いで、気が向くままにあちこちの公開講座に通っている。気軽に専門家の話がきけるのだからありがたい。

しかし、まれにだが、若い先生でおそろしく早口のかたがいらっしゃる。お話の半分ぐらいしかききとれないことがあって困ってしまうのだ。若い学生たちは、その講義を楽々ときくことができるのだろうか。

しかし、時代のスピードについていけない私たち旧世代ではあるが、まったく取り柄がないわけではない。それは、読むことに関しては、いまの世代に負けない速さをもっているということだ。いや、負けないどころか、格段に速いのではあるまいか。

〈読書百遍、意おのずから通ず〉

と昔はいった。本気で百回読もうとすると、一文字ずつなどって読んでいたのでは無理だ。千日回峰の行者の如く、韋駄天《いだてん》走りで読むしかない。若い頃に大蔵経を何度も読破したとかいう名僧たちも、たぶん猛烈なスピードで速読したにちがいない。

一篇の文章、一冊の本も、言わんとするところは一行の言葉である。谷をたどり峰を巡る難行も、目標は一つだ。

一人の人間が一生を懸けて書いた文章を一時間で読む、などということは冒瀆にひとしい。一生を懸けた書物なら一生を懸けて読むべきだ、という意見もあるだろう。しかし、それは各人の選択である。駆け足で峰々を巡る行者もいる。一寺にこもって終生、坐禅を組む僧もいる。

私は生れつき我慢や辛棒の苦手なタイプなので、浅く、広く、のほうへ奔《はし》った。以前、『古寺巡礼』という放送・出版の企画が持ち込まれたとき、いっそのこと『百《ひゃく》寺巡礼《じじゅんれい》』はどうかと提案した。関係者はみな冗談だと思ったらしいが、結局、何年かかけて全国百寺を巡拝することができた。一寺にこもる道もあるかもしれないが、後悔はしていない。そういう風が吹いたのだ、と、いまは思っている。

世の中がどんどん速くなっていく。人の一生はどんどん長くなっていく。行きつくところは、はたしてどこなのだろうか。

オーバー・ニュースの時代

不倫情報が吹き荒れたと思ったら台風一過。

こんどはモンゴル力士の乱暴沙汰のニュース一色である。北朝鮮の問題よりもはるかに大きな扱いである。

そういった移り変りの激しいメディアの世界で、あいも変らず不動の地位を占めているのが健康情報だ。四番バッターとまではいかないが、不動の三番といった敢闘ぶり。

週刊誌を開いても新聞を見ても、健康記事や薬の広告が目につかない日はない。昔ならさしずめ「カラスの鳴かぬ日はあっても――」と形容したことだろう。

現代人のかかえる不安のベスト・スリーはなにか。

一つは経済。というと大袈裟だが、要するにお金の問題だ。現役引退後にどれくらいの預貯金があればいいか、という記事はくり返し取りあげられている。

もう一つは国際情勢。身も蓋《ふた》もない言い方をすれば、戦争への不安である。北朝鮮をめぐる緊張は、大きなストレスとなって人びとの気持ちに影を落している。

「そんなこと気にすんなよ。戦争なんて絶対ありえないって。アホな心配するんじゃない」

と、ショットバーで大声でわめいている中年のおっさんがいた。高そうな腕時計をして、いかにもやり手のビジネスマンといった雰囲気の中年男だ。

「いいか、北が攻撃されたらソウルは火の海だと？　なにを言ってるんだ。ロッテワールドタワーって知ってるか。ソウルにできた超高層ビルだ。東京の高層ビルの二倍の高さなんだぞ。あの百二十三階、五百五十五メートルのビルをおっ建てたのは、戦争なんてしないと彼らが判断したからだ。ソウルが火の海になる可能性があるなら、あんなビルをおっ建てたりするもんか。そうだろ？」

こういう理屈は、ほとんど論理的ではない。しかし妙な説得力があって、周囲のビジネスマンたちはなるほどというような顔でハイボールをあおっている。

しかし、一方で遠からずアメリカが攻撃の火蓋をきる、と予言する学者もいて、不安の種はつきない。

お金、戦争についで、いま人びとの大きな不安となっているのが健康の問題だ。バブルがはじけようが戦争になろうが、どんな情況のもとでも価値が変動しないもの、それは金ののべ棒でもなければ不動産でもない。預金封鎖になろうと東京が火の海になろうと、健康は不動の価値がある。

吹き荒れる健康情報の嵐は、その人びとの不安の反映にほかならない。

かつては癌、糖尿病、血圧などベーシックなテーマが多く取りあげられたものだった。しかし最近は芸がこまかくなってきて、誤嚥だとか、初期のアルツハイマーだとか、ヘルペス、ED、体臭、などあらゆる分野にわたって不安をかきたてるような記事や報道が目白押しだ。

テレビも、これでもかこれでもかと不安をあおるような番組が多い。

そんな情況のなかで、最近あちこちで提唱されているのが、ヘルス・リテラシーという言葉である。要するに氾濫する健康情報の渦のなかから、正しい情報を選択する能力というか、マスコミの健康ニュースに一喜一憂して踊らされるな、ということだろう。

ふり返ってみると私自身も、ずいぶん健康情報に踊らされたものだった。

なにしろ肩書きからして信頼に足る専門家の言うことが、時としてまるで正反対になるのだからたまらない。ひところは減塩、減塩と、国と学会あげてのキャンペーンがくりひろげられていた。ところが最近、減塩は危険だという提言が出てきて、さて、どうしたものかと立ち往生。

そういえば十年ほど前に、もっと食塩をとれ、醤油を飲め、という説を展開した人がいた。一理あるので、対談をしてみようと探したら、亡くなられたということで取りやめになった。

戦時中、私たち小学生は少国民とかいわれて、毎朝、冷水摩擦をやったものである。戦後、野口整体の野口晴哉《のぐちはるちか》さんが、

「冷水摩擦なんてやるから風邪を引く」

と言っておられて、びっくりしたことがある。

私は毎夜、長風呂の習慣がある。バスタブの中で文庫本を読むので、ときには何時間も湯につかっていることが多い。

風呂の温度はこれまで四十二度というのが常識だった。ある医師などは「四十二度は神のたもうた温度」などと書かれていて、そういうものかと四十二度を守っていた。

ところが最近では、四十度にせよ、という説が出てきた。四十度のぬるい湯に、五分

程度が正しい入浴のしかたであるというのである。見識、人柄ともに信頼できる医師の発言なので、困ってしまう。

〽風呂はぬる目のお湯がいい
　長湯は控えたほうがいい

と、口ずさみながら、とりあえず四十度にしてみる。こういう態度を右顧左眄《うこさべん》というのだ。

これは健康に関しての問題だけではない。経済も、政治も、正反対の意見が氾濫していて、素人は目を白黒させるばかりだ。ヘルス・リテラシーも大事だろうが、フェイク・ニュースよりも、オーバー・ニュースのほうが問題だ。どう対処すればいいのだろうか。

選択だけが人生だ

「人生とは選択である」

と、いつも思う。

「選択」

つまり迷ったときに、どちらかを選び取ることだ。私たちの日常は迷うことだらけである。

朝、目覚しが鳴る。さあ、起きようかどうしようかと一瞬、迷う。もう三十分ぐらい寝ても、なんとか間に合うかもしれない。どうするか。寝ぼけた頭で決断して、目覚しをリセットする。これがその日、最初の選択だ。しばらくうつらうつらしていると、再びベルが鳴りひびく。

もう十五分だけ寝るか。いや、それは無理だろう。迷うまもなくベッドから出ることを選択する。朝風呂に入るか、どうするか。迷うまもなく風呂を諦めて、口をゆすぎ、歯を磨く。丁寧に磨いている時間がない。さっと簡単にブラッシングして、顔を洗う。ひげを剃るか、当世ふうに無精ひげスタイルでいくか。これも選択だ。年寄りほど身綺麗にしていなくてはならない、という先達の言葉が頭に浮かんで、大急ぎで電動ひげ剃り器を使う。

下着はパンツにするか、ブリーフにするか。湿度の高い時期だから風通しのいいトランクスを選択する。

シャツは？　靴下は？　上衣は着るか着ないか。靴はどうする？　このあたりはほとんど無意識の選択である。きょうは目上の人と対談するのだから、ネクタイ着用がマナーだろうか。いや、最近は国会で大臣や議員がたさえもノータイがまかり通っている時代だし、白シャツでいいのかも。

時間がない。鞄をもっていくか、軽いショルダーバッグにするか。それとも紙袋？

本日の対談のお相手は、文芸界の大先輩である。日ごろ愛読している御著書を一冊たずさえていって、仕事が終ったあとにサインをお願いするのは失礼だろうか。同業者に署名をして頂くというのは、なんとなく気が引けるものなのだ。

外に出たとき、財布を忘れたことに気づく。取りにもどるか、どうするか。迷ったあげくに、そのままタクシーに乗ることを選択する。ＰＡＳＭＯの残高が心配だが、もし足りなければ着いた先で編集者に立て替えてもらおう。

「どのコースをとりますかね」

と、タクシーの運転者にきかれる。

「高速に乗りますか？　それとも下をいきます？」

これは自己選択ではない。選択をせまられているのだ。

「どっちが早く着きそうですか」

「さあ、ね。高速がすいてればあっという間ですが、もし渋滞にまきこまれると――」

「まかせるから、できるだけ早く」

これは選択の放棄である。ドライバー氏がナビを指で操作しながら走っているのが気になってしかたがない。

「室内の温度は大丈夫ですか」

「温度はどうでもいいから急いでください」

「よろしかったらシートベルトをどうぞ」

「了解」

こうして選択の一日がはじまる。一時間のうちに、どれだけの選択をこなしていることか。

こういう瑣末な選択は、ほぼ反射的にすすんでいく。しかし、一日のうちには自分の将来や仕事に関して、きわめて重大な選択をせまられることがある。いろんなオファーを受けて、気軽に返事をしていると、後悔することが少くない。そのために契約書などというものがあるのだが、この国では一般に口約束で仕事をすすめる場合がほとんどなのだ。きちんとした契約書をかわすケースもないではない。しかし、その文章の細部まできちんと検討していたら何日もかかるだろう。仕事がはじまって何カ月後かに、やっと契約書が送られてくることもある。

若いころ、ある夕刊紙の編集局長から、連載エッセイの依頼を受けたことがあった。古くからの友人の一人なので、気軽に「いいですよ。やりましょう」と即答した。どこかの喫茶店、いまでいうならカフェのようなところでコーヒーを飲みながらの話だったが、相手はすかさず、

「そいつはありがたい。で、稿料はこれ位でいいですね」

と、片手の指をパッと何本かひろげて私の目の前にさしだした。二本だったか、三本

だったか、はたまた四本だったたか、一瞬のことなのでさだかではなかったが、なにしろ古い仲間である。

「うん」

と、選択の余地もなくOKして、仕事がはじまった。「筆は一本、箸は二本」というのは斎藤緑雨の名言だが、一瞬の選択が良かったのか悪かったのかは、早急にはわからない。十年、二十年たって、ああ、あれで良かったんだな、とあらためて思うこともあるものなのだ。

進学も選択、就職も選択、結婚も選択である。ビールにするか、ワインにするか、酒にするか。ビールにすると店の人に銘柄をきかれて、一瞬、迷う。そして選択する。

私はいま、病院に通うか、それとも野良猫のように我流を通すかの選択で迷っている。これまではそのときどきの風の吹き回しで、無計画に選択をしてきたのだが、今後はそうもいくまい。

日々《ひび》是選択《これせんたく》。人は一生のうちにどれほど多くの選択をして生きるのだろうか。

流れゆく時代のなかで

笑いと時代は深くかかわる

笑顔というのはいいものである。

たとえ作り笑いであったとしても、やはりあったほうがいい。

あわただしい日常の中で、さわやかな笑顔に出会うとほっとする。自分のすさんだ気持ちが、一瞬、癒やされるような感じがするのだ。

昨日、ビルの地下にある牛肉の店で、すき焼きを食べた。入口の看板をみて、サービス価格千八百円の「すき焼き御膳」にするつもりだった。ひとりだし、ちょっと小腹がすいた位の時間だったから、それで十分と思ったのである。

店内はひどく混んでいた。若い女の店員さんが、小走りに立ち働いている。健康そうな十代の娘さんだが、笑顔を絶やさない。やれお茶だ、やれナントカだ、と客たちの勝手な要求に愛想よくこたえて、孤軍奮闘のていである。

やっと私のテーブルにやってきて、「なになさいますか」ときいた。そのときの笑顔がじつによかった。接客用の作り笑いであったとしても、心からの笑顔に見えた。私はあわてて、予定していたサービス・メニューのかわりに、「松阪牛の特選すき焼き御膳」三千八百円のほうを指さしてしまったのだ。

「ハイ、かしこまりました」

と、彼女は満面の笑みをうかべてうなずいた。笑顔ひとつで二千円のちがいである。しかし私の心に後悔の気持ちはなかった。あの忙しさの中で、あの笑顔をみせてくれたのだから有難いことではないか。

禅のほうのお話で、「拈華微笑《ねんげみしょう》」というのがある。

ブッダが霊鷲山《りょうじゅせん》という山の上で説法をしたときのエピソードだ。ブッダが聴衆の前で蓮華《れんげ》の花をつまんでみせたとき、皆はけげんな顔をするばかりだった。ひとりだけ弟子の迦葉《かしょう》という人物が、にっこりほほえんでうなずいた。そこでブッダは彼に大事な仏法の真理を伝えた、というようなお話である。

要するに「以心伝心不立文字《いしんでんしんふりゅうもんじ》」の要諦を伝える逸話らしいが、私のような門外漢にはどうもよくわからないところがある。

しかし、ブッダが迦葉の心からの笑顔に反応しただろうことは理解できる。電流が通いあうように、一瞬スパークするものがあったのかもしれない。

いい笑顔というのは、天成のものなのだろうか。それとも訓練なのか。最近、中国などでも、サービス業界では笑顔のトレーニングがさかんに行われているらしい。口角を上げよ、とか、指導を受けている映像をみたことがあった。

シバレンさん、こと故・柴田錬三郎さんは、いつもグッと口角を下げて、笑いを封殺しているような気配があった。『眠狂四郎』の作者としては、笑顔でニヒルな剣士を描くことは難しかっただろう。

いまのテレビは、お笑いの全盛期だが、戦前、戦中は笑うことは不謹慎と思われていたようだ。

「男は白い歯を見せるな!」

と、よく叱られたものである。

封建時代の遺風だろうか、女性は笑うとき口に手を当てる人が多かった。

最近、盛大に手を叩いて笑う女性が増えてきたが、それも時代というものだろう。

無財の七施のなかに和顔施《わげんせ》というのがあって、要するに花のように美しくほほえむことで人びとを幸せにすること、と勝手に解釈することにしている。

不安を解消してあげるとか、席をゆずってさしあげるとか、財施以外にも日常的な布《ふ》施行《せぎょう》はできるのだ、と教わった。その話をきいて、ある女の人が、

「わたしは断然これから和顔施でいく。いい服を着て、きれいにお化粧して、みんなにニコニコしてればいいんでしょ」

と、張切っていたが、下手すれば変な誤解をまねきかねない。

外面《そとづら》、内面《うちづら》、というのもある。

他人に対してはやたら愛想がいいのに、家庭内ではむっつりと笑顔ひとつみせない、という男がいる。逆に家族には本当に優しく、常に笑顔で接するのに、他人に対してはやたら攻撃的な女のひともいる。

どちらがいいかは、それぞれの事情によるが、なかなか両方にいい顔はできないものらしい。

私の父親は学校教師でもあり、家の中では日本刀の手入れをしたりするちょっと硬い感じの男性だった。子供のころから、剣道の練習をさせられたり、詩吟を習わせられたりで、ふだん笑うということがすくなかったような記憶がある。

そんな父親が、正月に同僚や学生たちが年賀にやってきて宴会になると、急に羽目を

はずしてにぎやかになる。

〽朝鮮と　支那の境《さかい》の
　あの鴨緑江

などと鴨緑江節や猥歌をうたってご機嫌だった。まるで違う人のようだった。

母はそんな父親を眉をひそめるようにして見ていたが、たぶんいやだったのだろうと思う。

思うに、笑顔というものも時代と深くかかわりあっているのではあるまいか。いまはどんな場所にいても、自由に笑うことができる時代である。ヒトラーの時代のドイツも、スターリン時代のソ連も、笑顔のすくない時代だった。その意味では、いまは有難い時代なのかもしれない。

粛粛と笑う時代に

ふとした折りに頭の隅に浮かぶ歌がある。

おもしろき事もなき世を　おもしろく

たしかそんな文句だったと思うが、なんとなく共感するところがないでもない。

世の中、つまらないと言ってしまえば、たしかにつまらない。だが、おもしろい事を探せば、それなりにあるものなのだ。

私は五十歳を過ぎた頃から、大きなおもしろい事を探すのをやめた。どうでもいい、つまらない事でおもしろがる方向へ転向したのである。

昔は呵呵大笑《かかたいしょう》などといって、大笑いするのを善《よ》しとする傾向があった。豪傑笑い、という表現もある。一方で、馬鹿笑い、という言い方もあった。いずれにしても大きな笑いである。

年をとると体力、気力ともに衰えてくるので、ガハハハハと豪快に笑うのも疲れる。せいぜいうつむいてクスッと笑うぐらいが精一杯である。それでも一日に三回くらいは笑う。

その気になって笑うタネを探せば、おかしなことはいくらでもあるものなのだ。

先日、土曜の夕方、映画館へいった。最近ではシネマ・コンプレックスとかいって、映画のデパートのようなビルがある。そのなかで大人むきの映画を選んで、窓口でチケットを買おうとした。すると窓口の若い女性が、こちらの顔を見て、

「深夜ですか」

と、きく。まだ夕方なのに、なにを言ってるんだろうと戸惑った。ははあ、なるほど土曜日だから夜中のレイト・ショウの前売りのことだな、と推理して、笑顔で、

「いや、いまから見るんです」

と、言うと、面倒くさそうに、

「ですから、深夜だと料金が安くなりますけど」

「でも、いま見たいんだよ。ほら、まだ六時過ぎじゃないですか」

「深夜じゃないんですね」

「くどいな。深夜じゃない」

と、つい言葉も乱暴になる。

「じゃあ、正規の料金でお願いします」

むっとして料金を払い釣り銭をもらったとき、窓口に小さく出ている表示に気づいた。

〈シニア料金〉

として、うんと安い料金が表示されているではないか。ガラス窓に映る自分の髪はまっ白で、百歳くらいに見えた。

耳が遠くなったわけではない。最近、音が歪んできこえるのだ。要するに加齢の一現象にすぎない。あの売場のお嬢さんは、私が若く見られたいと必死でがんばっているように思ったにちがいない。恥ずかしいというより、おかしくて、思わず笑ってしまった。

窓口にもどって、

「すみません。シニアでした」

と、謝ってチケットをかえてもらおうかとも思ったが、面倒なのでやめた。

「さっききたジジイさ、いい年こいてシニアじゃないってがんばるんだよ。笑っちゃう」

とかなんとか同僚と話しているのだろうと思うと、映画を見る気もなくなって、そのまま帰ってきた。おかしかった。

もうすっかり大人なのに、やたら天真爛漫《てんしんらんまん》な女性編集者がいらして、いつも何かと笑わせてくれる。おもしろい事を言おうなどとは露ほども思っていない風情なので、なおおかしいのである。

「最近、政治家がしばしば〈粛粛《しゅくしゅく》と〉などという言い方をするよね。ぼくはなんとなく、あれに違和感があるんだけど」

と、私が言ったら、

「でも、あれ、由緒のある言葉なんですよね」

「そうだよ。昔、鞭声粛粛夜過河《べんせいしゅくしゅくよるかわをわたる》、という漢詩があってね。よく詩吟でうたったもんです」

「あ、わたしも子供のころ、祖父がうたってたのをきいたことがあります。センベイシユクシユクヨルカワヲワタルって」

「センベイじゃないだろ。ベンセイだ」

「え、そうなんですかあ。わたし、ずっとセンベイシュクシュクだと思ってた」

粛粛というのを、音がせぬようにひそかに煎餅《せんべい》をかじる様《さま》、と考えれば、あながち見当はずれでもなさそうだ。いずれにせよ、こういう表現を政治家がするときには、気をつけたほうがいいのである。

困るのは、間違ったことを記憶すると、なにかの折りにそちらのほうが口をついて出そうになることだ。

最近、昭和歌謡がひそかなブームらしいが、ロス・インディオス&シルヴィアの「別れても好きな人」という曲を鼻唄でうたっていたら、

〽別れても　好きな人

というサビの部分が、つい、

〽別れたら　次の人

と、なってしまう。かつての京唄子・鳳啓助の舞台をテレビでみて、笑っていたせいだろう。

原子力空母カール・ヴィンソンの映像がやたらと流れるなかで、日々の笑いをさがす事はむずかしい。それでも人は笑わなくては生きていけない。ガルゲンフモール（絞首台上のユーモア）という言葉を教わったのは、一九五〇年代の切迫した時代だったことを、ふと思いだす。

尊敬の時代から共感の時代へ

私たち昭和世代が尊敬する人といえば、かつては軍人が多かった。

乃木大将とか東郷元帥とかいうクラシックなヒーローは小学校低学年のうちで、少し成長してからは同時代の英雄たちが憧れの的となる。少年飛行兵出身の穴吹軍曹とか、西住戦車隊長とか、すこぶる現実的なスターたちだ。

敗戦後は、なかなか尊敬する対象が見出せない時代だった。尊敬する人のスケールが小さくなったというか、ごく日常的なことで、凄いなあと感心するようになる。

たとえば、魚を奇麗に食べる人には文句なしに感心する。私自身が魚を上手に食べることができないということが原因である。

秋刀魚の焼いたのが皿にのって出てくる。私は牡蠣フライと秋刀魚の焼いたのが大好物で、三日続けて同じメニューを選んだりするのだが、牡蠣フライは問題ない。厄介なのは秋刀魚のほうだ。

小骨を選り分けつつ身をほぐして、できるだけ正しく分類して頂こうと試みるのだが、なぜかこれがうまくいかない。食べ終えたあとの乱雑さといったらない。箸でいろいろカムフラージュしようとしても、ますますひどくなるばかりである。

隣りのテーブルを見るともなしに見やると、頭と骨と尻っぽが一幅の絵のように見事に片づけられている。一本の小骨の乱れもなく、整然と横たわる骨の美しさに感嘆する。内臓もぜんぶ召し上ったらしく、皿にも一点の曇りもない。そのままオブジェとして前衛美術展に出品できそうな仕上りぶりである。

いったいどういう人がこれほど美しく秋刀魚の焼いたのを召し上ったのだろうと横目でうかがえば、爪楊子で奥歯をせせりながら競馬新聞に読みふけっているオッサンである。とても食事の作法を学んだとは思えない庶民の典型だ。

要するに、魚を奇麗に食する能力というものは、生まれつきの資質、天賦《てんぷ》の才能ということだろう。

「小骨の多い魚を奇麗に食べる女性が好きだ」

と、キザなことを言っていた友人がいた。若い頃の話だが、彼は大いなる誤解をしていたように思う。

「その人の育った家庭のしつけというか、両親のお人柄が想像できるんだよ」

などと気取ったことを述べていたが、なに、そんなことは勝手な妄想にすぎない。魚の食べかたで人柄がわかるなら、世の中に離婚などない。一糸乱れぬ秋刀魚の食べかたを披露してくれた女性が、夫の小遣いの五円、十円まで厳しく管理する無類の奇麗好きだったらどうする。

とはいうものの、私は小骨の多い魚を見事に処理する人物を衷心より尊敬するものである。こっちが努力してもできないことを、なにげなくやってのける人には、低頭せざるをえない。

話は戻るが、心から尊敬する対象を持っている人は幸せである。私は子供の頃から、それなりに尊敬した人たちがいた。残念ながらそれは身近かな相手ではなく、学校で教えられたり、本で読んだりする遠いところにいる人たちだった。

時代が変ると、その人たちは尊敬されなくなった。私もまた自然にかつてのヒーローたちを忘れていった。

戦後の学生時代にも、それなりの尊敬する対象がいた。しかし、私が愚かだったせいか、時代が変るとその人びとは批判の対象となった。

それでも私はそれらの人たちに対する尊敬というか、敬愛の念を失うことなく年を重ねてきた。しかし、次第に私が尊敬する相手が、偉大な存在ではなく、ごく普通の生活者に変ってきたのはどういうわけだろう。

どこでも、いつでも、すぐに寝つける人がいる。五秒もすればいびきをかいている。そういう人を私は深く尊敬している。

一生ずっと歯を磨いたことがない、という老人がいた。そのくせ一本の義歯もなく、固いせんべいでもバリバリ食べる。私はその人をひそかに尊敬している。

癌をわずらいながら、明るく気楽に生きている友人がいる。無理して元気よくふるまっているのではない。ごく自然に軽々とふるまっているのだ。私は彼を尊敬している。

世界のため、お国のために偉大な足跡を残した人びとをあまり尊敬しなくなったのは、加齢のせいだろうか。

一身を投げうって世のため人のためにつくす人物を、偉いなあ、と感心するが、あまり尊敬するという感じはない。人は嫌なことはしない。好きなことをする、という思いをぬぐいきれないのだ。

それは私個人の問題ではないのかもしれない。そもそも時代が、偉い人をあおぎ見て、その前にぬかずくというような風潮ではないのだ。尊敬の時代が過ぎて、共感の時代にはいってきたとも思われる。

〈手本は二宮金次郎

と、私たちはうたって子供時代をすごした。高光大船といえば北陸の念仏者で、清沢満之の流れをくむ人だが、その人の言葉に、

〈人の手本にはなれなくても、見本ぐらいにはなれるだろう〉

と、いうのがあるそうだ。手本はあおぎ見る視点だが、見本となると目線がずっと低い。これからもさらに尊敬する人のイメージは、時代とともに変っていくのだろうか。

我慢ができない世代の人たち

最近、結婚しない男女が増えてきているという。

そこにはいろんな事情があるらしい。経済的な理由をあげて論評しているジャーナリストがいた。非正規社員が四割をこすという状況のもとでは、家庭をもつのが大変だというわけだ。

たしかにそうかもしれない。結婚すれば住む所もいる。家具も必要だ。子供ができればいろいろ金がかかる。大学まで進学させるとなると教育費が心配である。

女性が活躍する社会、などといっても、なかなか女性は社長、会長にはなれない。結婚を就職と考える保守的な女性も、少なからずいる。

勤労者の実質賃金は、このところずっとさがり続けているらしい。まして非正規、零細企業ともなれば、なかなか貯金もできないだろう。一人では暮せないが二人なら暮せる、などといわれたロマンチックな時代もあった。だが、いまは一人の収入で二人、三いと言う。

人が暮すのは大変だ。そこで最初から共働きを前提に配偶者をさがす男性も少なくないという。

結婚を前提につきあいはじめて、二、三回のデイトのあと、男性から真面目《まじめ》な顔で、

「きみ、月収はどれくらいあるの？」

などと質問されれば女性は引くだろう。キャリアウーマンをめざす女性ばかりではないのである。二十一世紀の現在でも、専業主婦を夢見る若い女性は少なくないのだ。

外国語を駆使して、バリバリ活躍するヒロインは、数すくない選ばれた人たちだからである。

先日、あるカフェで恋人同士と思われる若いカップルが隣りの席にいた。私と入れちがいに立ちあがって、すぐ近くのレジで精算するのを見るともなしに見ていると、それぞれが別々にお茶代を払っている。レシートも各自、大事にしまって、仲よく腕を組んで店を出ていった。

お茶代ぐらいは男が払うもの、と思いこんでいるところが昭和生まれの旧人類なのだ。

共稼ぎを前提に家庭生活を設計すると、さきざき結構、大変だろうと思う。シャープや東芝など超一流企業の正社員すら先の読めない時代なのだ。結婚に躊躇する男女がい

たとしても、まったく不思議ではない。

しかし、男女が家庭をもつのをためらうのは、経済の問題だけではないのではないか。文明が成熟すればするほど、結婚しない人びとが増えるとは、よく言われることだ。

最近は男性も女性も、繊細な感覚の持ち主が多くなった。そうなるとどうしても日常生活のマナーや美意識のずれが問題になってくる。

先日、テレビのバラエティ番組を見ていたら、「こんな男性が嫌い」というテーマが話題になっていた。

「ケチな男がイヤ」

とか、

「フェミニストぶる男性が嫌いだな」

とか、若い女性のゲストたちがいろんな勝手なことを言っている。

その中で、ひときわ聡明そうな美女が、変った発言をしていた。

「トイレを使ったあと、蓋《ふた》をちゃんとしめないで出てくるような男の人が嫌い」

一瞬、座がシーンとして、それからくすくす笑いがひろがった。そのシチュエーションを、それぞれが勝手に想像したのだろう。

私たち昭和の男は、立ったまま用を足すことに慣れている。だから西洋式のトイレでも、外蓋と便座をあげて、周囲に飛沫がとばないよう立ったまま用を足すのが普通だ。ところが、その話を若い編集者にしたら、呆れた顔をされた。

「なにがいけないんだい」

「本人は細心の注意を払っていても、立ったまま放射すると霧のようなものが周囲に附着するんですって。彼女がひどくいやがりましてね」

「だったらきみは、わざわざ便座に坐って用を足すのか」

「それが普通でしょ。いまどき立ち小便スタイルなんてありえません」

「ベルトをゆるめて、わざわざズボンをさげて坐るの？」

「もちろん」

かくの如くに共同生活とは神経を使うものなのだ。食事のときの箸のあげおろしから、醤油の注ぎ方まで、それぞれにちがう。ちがう土地、ちがう家に生まれて、ちがうマナーのなかで育ったのだから同じスタイルで暮すというのには、そもそも無理があるのである。

生活水準が上れば上るだけ、暮しの日常感覚も洗練され、繊細になってくる。

結婚してすぐにぐちをこぼす男がいた。

「嫁さんがね、おれが部屋を歩くとき音を立てて歩くのがイヤだって言うんだよ」

「で、どうする？」

「我慢してもらうしかないだろ。こっちだって彼女のいろんなところが気になるんだが、運命だと思って耐えてるんだから」

その、我慢ができない世代の人たちが増えてきたのではあるまいか。経済面の不安と、生活感覚の洗練度があいまって独身の男女が多くなってきたのかもしれない。

現在、世界の人口は一年に約八千万人ずつ増え続けているのだそうだ。多子社会はもっぱら発展途上国である。先進国は少子化。その落差が問題の核心なのだろう。立ち小便をしなくなった国は、少子化が進む、というのは妄想だろうか。

インフレを知らない若者たち

「インフレとデフレと、どっちが好きかね」

と、打ち合わせの後の雑談のときに若い編集者にたずねた。

「え？　どっちが好きかと言われても困ってしまうなあ。どっちも嫌い、じゃ答えになりませんか」

「なぜ嫌いなのかな」

と、かさねてきく。相手は腕組みして、

「だってインフレになるとモノが高くなるんでしょ。生活が苦しくなるじゃないですか」

「じゃあ、デフレは？」

しつこいのは高齢者の癖である。

「デフレですか。デフレってモノが売れない時代ですよね。要するに不景気ってことだから、月給は上らないし、それも困るなあ。政府はなんとかインフレにもっていこうとしてるんでしょ。それがなかなか達成できないんですよね」

「で、どっちがいいんだい、きみとしては」

「デフレは蛇の生殺しみたいでいやだなあ」

「じゃあ、インフレのほうがいいんだね」

「いや、本格的なインフレーションは体験したことがないんで、ピンとこないんですが、どっちかというとインフレのほうが元気がありそうで、いいんじゃないですか。デフレはもう飽きたというか――」

以前、「戦争を知らない子供たち」という歌があったが、いまは「インフレを知らない若者たち」の時代になったらしい。

私たちの世代は、インフレが嫌いである。いや、なかには闇商売で大儲けした人たちもいたから、インフレ大歓迎の向きもいらっしゃるだろうが、庶民大衆にとってはインフレは親の仇《かたき》のようなものだった。

まず生活必需品のたぐいが急激に値上りする。米とか、肉とか、野菜とか、その他もろもろの品が嘘のように高騰するのだ。

三パーセントのインフレならともかく、三十パーセント、三百パーセントのインフレとなると、もう暮していけない。

素朴な疑問だが、サラリーマンが月給のうちから営々と貯金をする。あずけた利子は蚊の涙くらいだが、三パーセントのインフレになると、それだけ貯金が目減りするのではあるまいか。十年も二十年もかけて積み立てた貯金の価値が確実に下落するのだ。

賃金が上るからいいだろうと言われても、体験的に納得できない。物価の値上りと賃金の値上げは同時ではないからだ。そこには必ずタイムラグがあって、賃金が二倍になったときには物価は四倍、賃金が五倍になるときには物の値段は十倍になっている。

これが私の体験である。では、そこを乗り切るにはどうするか。どの時代にも、どこの国でも、そんな場合の対策は一つだ。

自分の持ち物を売るか、物々交換か、どちらかしかない。

戦後、多くの都市生活者が農村に米や芋を求めて訪れた。そこで通用するのはお札ではない。和服とか、三つ揃いの背広とか、貴金属のたぐいとか、腕時計、美術品などだった。

都会では闇市が大繁昌した。私はソ連崩壊後のモスクワのブラック・マーケットで物々交換をしたことがあるが、闇市で圧倒的に人気があるのは、アルコール、煙草、砂糖、靴、電気製品、外国製腕時計のたぐいである。それらをパンや肉などと交換するのだ。そういえば抗生物質も人気があった。

道ばたに古本を並べて売っている老婦人がいた。品のいい顔立ちと知的な表情からして、相当なインテリだと想像された。たぶん多年にわたる自分の蔵書のコレクションを手放すことになったのだろう。ただ、通りすぎる人たちは、ほとんど一顧もせずに去っていく。

私が「エセーニンの詩集はありませんか」と、たずねると、老婦人は少し考えて、「家に一冊あります。もし明日でよければ持ってきますけど」と言った。「明日は出発しますので」と断ってその場を離れたが、インフレの時代には本は売れないだろうな、とあらためて思った。ブラジルのインフレのときは、午前中と午後では物の値段が倍ちがう日があったそうだ。

もしこの国に超インフレがやってきたとしたら、書店はどうするだろうと考えたことがある。出版人として気になってしかたがない。

本のカバーに印刷されている値段など何の意味もない。きのうと今日では倍の値段になっていることもありうるからだ。

そのことをずっと考え続けていたのだが、あるとき風呂の中で、突然、妙案がひらめいた。さしずめ「エウレカ！　エウレカ！」と叫ぶところである。

ハイパーインフレがやってきて、朝と夕方では何倍も物価がちがうとき、書店ではどうすればいいか。

店頭の目立つところに、掲示板をおくのである。そして物価指数が変るたびに、そこに数字を書いた札を標示する。

「2・5」

という数字が出ていれば、本のカバーの定価の二・五倍だ。これが全国共通の指標。

「5」

と変れば五倍払えばいい。この方法さえあれば、物価が百倍になっても大丈夫、と安心して原稿にとりかかる。

人はどんな事にも慣れる

むかしからお金というものを信用できなかった。

なぜこの紙きれで物が買えるのかと、不思議でならなかったのだ。旧大日本帝国の植民地で敗戦を迎えたとき、その疑惑は現実のものとなる。政府が保証するお札なので、国が倒れれば価値はなくなって当然だろう。街にソ連軍が進駐してきてから、まもなく軍票が発行された。

なんだかツルツルの安っぽい紙に印刷された、赤と青の軍票である。

軍隊というのは、どこへ行っても占領地で自分たちの紙幣を流通させようとする。それで物資を購入し、戦費をまかなうのだ。日本軍もかつて南方で軍票を発行した。それ以前にはシベリア出兵のときにも相当な軍票を事前に準備している。

そんな体験があるので、なおさらお金というものに不信感がある。いつ紙くずになるかわからない、と思うから大事にしない。あればあるだけ早く使ってしまおう、となる。

値打ちのあるうちに物にかえたり、浪費したりする。

そんな態度が実生活の上でマイナスにはたらくのは当然だ。何枚かのお札があれば、こんな目にあわなくてもいいものを、と口惜し涙にくれたことも少くなかった。

最近、お金に対する実感がないのは、現ナマ以外に通用する手段がいろいろあるからだろう。

昔は月給は上役から手渡されたものだった。

家に持って帰れば奥さんが神棚にそなえたりすることもあった。

きのうコンビニで買物をして、現金の持ち合わせがない事に気づいた。狼狽する私に、店員さんが、

「PASMOでいいんですよ」と言う。

そういえばPASMOを一枚、ポケットに入れていた。小さな台の上にひょいとのせたら、ピピッと音がして、「ハイ、ありがとうございます」と、支払いが完了。

なんということだ。これではお金を持ち歩く必要がないではないか。地下鉄も、電車も、タクシーも、さらに買物までもPASMOや他のカードで済んでしまう。

「書店で本も買えます」

と、編集者が言う。

「夜の銀座は？」

「それは無理ですけど」

私は地下鉄の駅でしかPASMOのチャージはできないと思いこんでいた。これまで地下鉄に乗らない時でも、わざわざ地下へ降りていって入金していたのだ。

それがホテルのロビーの一角に、チャージする機械をみつけたのだ。おまけに隣りには円をドルや元やウォンやユーロなどと交換する機械まで並んでいるではないか。

〈ああ、もう、世も末だなあ〉

と、思わずため息をついてしまった。

いま頃こんなことに驚いているようでは、お話になるまい。世の中はすべて秒進分歩《びょうしんふんぽ》のスピードで変化しつつあるのだ。

考えてみればアメリカの大統領がツイッターで意見を発信する時代である。

命がけでヨーロッパへ逃れてくるボート・ピープルたちも、携帯電話をはなさない。

いずれ選挙も携帯で、という時代がくるだろう。

街角のあちこちに、いろんな車がとめてある。カードをかざせばドアがあく。行先を打ち込んでカードをさしこめば、自動運転の車が走りだす。そんな時代が目の前だ。

「小説はどうなるんだろう」

つい不安になってたずねると、編集者いわく、

「まず、キャラクターの選定ですね。いろんなキャラが提示されて、その中から登場人物を選択し、適当にミックス加工をする。つぎにストーリーを合成して、サスペンスやギャグを挿入。文体を選び、タイトルをきめる。何千、何万というタイトル見本の中からしぼり込むのは大変ですが、そこはセンスの勝負です。自然描写や官能シーンもサンプルが用意されてますから、お好きなものを――」

「それじゃ娯楽小説しか書けないな。ブンガクのステータスが一層高まるばかりだろう」

「どうですかね。思想や芸術も、結局はチョイスですから」

「わからん」

こんな時代になってくると、なぜか昔とは反対に、お札が大事に思われてくるのだ。一枚、一枚、しわをのばして大事にとっておきたいような感じがするのである。車のマニュアルシフトと同じように、一種のアンチークになってしまうのではあるまいか。

お寺さんへのお布施も、いつかはカードでピッと済ませることができるようになるかもしれない。最近はもう、お坊さんが携帯を使っていても違和感をおぼえなくなった。以前はそうではなかった。ブータンで修行僧がデジタルカメラを持っているのを見て、ひどく気になったものだったが。

要するに慣れというものだろう。人はどんな事にも慣れる。おそろしいほど慣れやすいものなのだ。

宗教改革や、産業革命と同じような大きな変化が、いま私たちの周囲で進行しつつある。しかし、私たちはそんなドラマチックな時代に生きていることに、ほとんど気づいていないようだ。後世の歴史家は、この時代のことを何と呼ぶのだろうか。

自分のことは棚にあげて

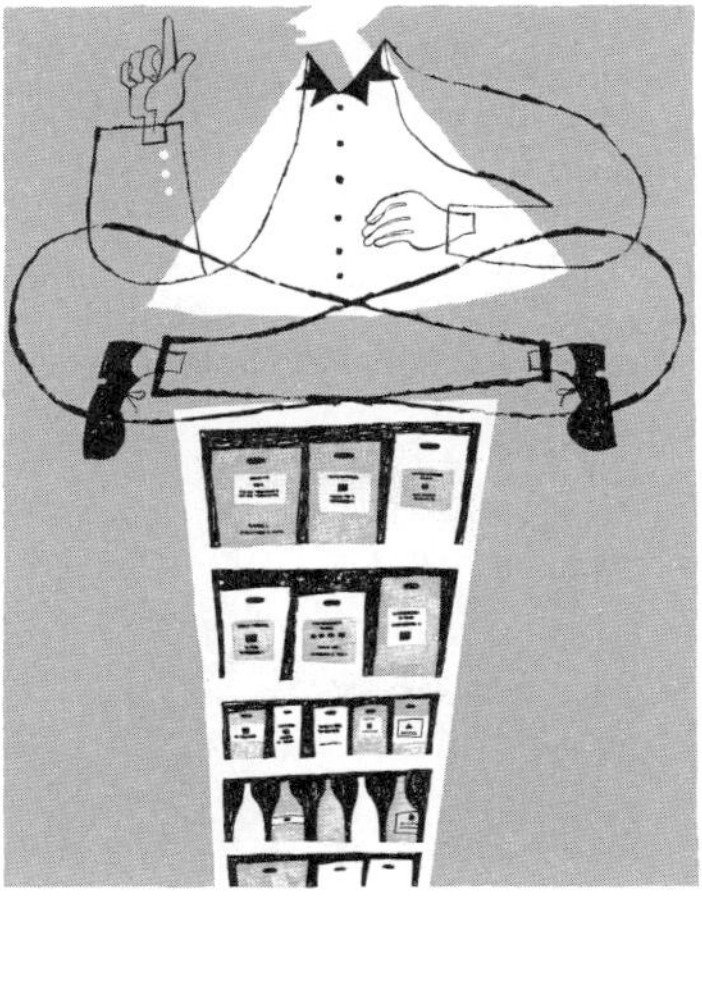

なんとなく気になる言葉

理屈は抜きにして、なんとなく気になる言葉というものがある。

最近すっかり一般にも定着したかに思われる「粛粛《しゅくしゅく》と」という言いかたなどがそうだ。最初はもっぱら政治家などがもったいぶって使っていたようだが、そのうち結構、多くの人が用いるようになった。

これはどうも明るい語感ではない。おごそかに、というか、真面目《まじめ》に、というか、どこかに翳《かげ》のある表現である。笑いとか、軽やかさとか、楽しく、などという雰囲気とはほど遠い。あえて忖度《そんたく》すればなんとなく、あまりおおっぴらでなく、ひそかに、という気配がある。

政治家の口から「粛粛とすすめております」などと聞くと、なにか悪いことでも陰で準備しているのではないか、と、つい邪推してしまうのだ。

粛清といえばスターリンやベリヤの凄惨な政策を連想するし、粛軍というのも二・二六事件の後の軍規引き緊めを連想する。葬列がおごそかに進むさまを「粛粛と」と表現するのも定番だ。

政治家は「真面目に、きちんと、遅滞《ちたい》なく」やっております、と言ってるつもりでも、聞くほうとすれば裏でなにか陰謀めいたことがはこんでいるかのように感じてしまうというのは、ひがみだろうか。

「忖度」も流行語になった。相手の気持ちを汲《く》みとる大人の配慮をいうのだろうが、最近ではちょっと違うニュアンスで使われたりもするらしい。夜の街では、

「そんなに酔わせてどうする気よ」

「ソンタクするなって」

などという会話がとびかっているらしい。ここでは「忖度」と「邪推」の意味がごっちゃになっているのだ。

「喫緊《きっきん》」というのも、ごく普通に使われるようになった。だが、なんとなく業界用語っぽい感じがあって、耳ざわりがよくない。

さらに言えば、「ウインウイン」というのも、大人の政治家にはしっくりこない表現だ。

まあ、語感というのは世代によって異なる。昭和ヒトケタ人が耳になじまない表現が、かえって新鮮に感じられる世代もいるのだろうから、私が文句をつける筋合いではない。ただ、いい年をした政治家が、「ウインウイン」だの「ニャンニャン」だのと言うのを聞いていると、思わず、

〽お手手　つないで　野道をゆけば

などという唱歌が口をついてでてきそうになるのである。

近江商人には「三方良し《さんぽうよ》」とかいうビジネスの格言があったという。これを「ウインウインウイン」と訳したら舌がからまりそうだ。「スリー・ウイン」とでも言いますか。

最近、ときどき「作家さん」と呼ばれることがある。この「さん」は、必ずしも敬称ではない。テレビ業界などで使う「カメラさん」「照明さん」などと同じ職能に対する呼び方であるらしい。

ゲスト出演などでテレビ局にいくと、

「はい、作家さんの控え室はこちらでーす」

などと若いADさんが案内してくれたりする。

テレビの創生期、私や、野坂昭如さんや、井上ひさしさんは放送作家だった。いや、放送作家まではいかない構成作家と呼ばれていた。「士農工商構成作家」などという差別的な表現に涙をのんで耐えた時代である。

当時、二十代の私は、ラジオのレギュラー番組を何本かと、テレビ番組を一本持っていた。それでも自由業の道はきびしい。なんとか職能団体に加入しようと、放送作家協会に入会申込みをしたところ、あっさり断られた。理由は、

「放送作家でなくては駄目。構成作家は入れません」

放送作家とはなんですか、ときくと、

「ちゃんとしたドラマを書いている人です」

と、簡単に説明された。なるほど。構成作家とか、コント作家とかいうのは放送作家ではないんだ、と納得した。

それから幾星霜、いまは構成作家は時代の花形である。そして文章を書く人は、おしなべて「作家さん」になった。

レコード会社では、専属、フリーを問わず作詞家、作曲家などを皆ひとしなみに「先生」と呼んでいた。古賀政男も先生、駆けだしの無名作曲家も「先生」である。

しかし、日がな一日、ぼんやりと制作室のソファーに坐っている無名のアーチストたちに「先生」の重みはなかった。

若いディレクターから、

「おーい、手がすいてたら煙草買ってきてくれないか、センセイ」

などと呼びかけられると、嬉々として煙草屋に走ったものである。

そういえば、政治家と医師のかたがたは、お互いに「先生」と呼びあう習慣があるようだ。テレビの公開番組などで、しきりに「先生、先生」と呼びかわしているのを耳にすると、なんとなく違和感をおぼえるのは私だけだろうか。

昔、北欧で井上靖さんと現地の日本大使館に招ばれたとき、「大使には閣下とお呼びしてください」と書記官に言われて顔を見合わせて首をすくめたことなど、懐しく思いだす。

作家は無学な者のなる職業

この年になっても、日本語がうまく使いこなせない。そもそもこの日本語というやつは、とほうもなく曖昧なところがあるのだ。

先日、テレビを見ていたら、プーチンが秋田犬の追加プレゼントを断ったとかいう。それもそうだろう。いくら秋田犬がお気に入りのプーチン氏にしても、あんな大きな犬が何頭もいたのでは大変だ。

この秋田犬だが、テレビでは秋田イヌとくり返し言っていた。そうか、あれは秋田ケンではなく、秋田イヌと読むのが正しいのかと、目からウロコの感じがした。なにしろこれまでずっと秋田ケンと読んでいたからである。

念のため明鏡国語辞典を調べてみると、「あきたいぬ」と出ている。ご丁寧に、「秋田ケン」ともいうが正式には「秋田イヌ」とよぶ、という注までついていた。

これが広辞苑では、「あきたけん」のほうが主力の感じだ。「あきたいぬ」だと、なんの説明もでていない。矢印がついていて「あきたけん」と示されているだけである。

ブリタニカ国際大百科事典を調べてみる。こちらはスッキリと「あきたいぬ」しかでてこない。やはり秋田犬は「あきたイヌ」と発音するのが正しいようだ。こんなことも知らないで、よく何十年も小説家がつとまったものである。まあ、昔の博識なK社の校閲者のかたなどは、「作家は無学な者のなる職業」とおっしゃってはばからなかったのだから当然だろう。

秋田犬が「あきたイヌ」となれば、では「土佐犬」はどうなんだ、と疑問がわいてくる。

これはどうやら「とさいぬ」で決まりのようだ。「とさけん」という項目は見当らない。

それにしても、やはりなんとなくモヤモヤ感が残るのはどういうわけか。

一般的な慣習として、三文字の場合は訓読みが多そうだとか、そういう感じがなくもない。

「大津波《おおつなみ》とか、大相撲《おおずもう》とか、ここ一番の大勝負《おおしょうぶ》とかいいますから間違える人もいないでしょう」

と、文章にうるさい編集者のQくんが言う。

「そうはいうけど、大事件《だいじけん》をオオジケンとは読まないよね。大自然《だいしぜん》、大失敗《だいしっぱい》もそうでしょ」

こちらが水をさすと、Qくん色をなして、

「要するに習慣なんです。習慣に文法なんてありますか」

「まあ、まあ、たしかにそういうもんだね。でも、きみは北前船をどう読む?」

「きたまえぶね、ですか」

「そう、ぼくもそう読みたい。でも、学者のかたでも、きたまえせん、と呼ぶ人は結構おおいんだ」

「それはどっちでもいいんじゃないですか」

「いや、感覚の問題さ。千石船を、せんごくせん、といったんじゃピンとこないだろ」

「まあ、それはそうですけど」

「ついでに昔から気になっているのが、寺内町だ」

寺内町というのは、蓮如が山科に作った本願寺のスタイルで、寺と町が一体となった形式の中世後期の宗教都市である。要するに寺を中心に町ができて、その外側を濠《ほりど》や土塁《るい》で囲んだ一種の城郭都市だ。盗賊や野武士らが攻めてくれば、門をとざして防禦する。寺が燃えるときは町も滅《ほろ》ぶぞ、町が滅ぶときは寺も共になくなるぞ、といった運命共同体的都市である。いわゆる城下町とは反対の発想だ。

中世後期には全国各地にそんな寺内町が数多く存在した。織田信長が手を焼いた石山本願寺なども、代表的な寺内町である。

これは、ほとんど「じないちょう」と呼ばれることが多い。しかし、私は寺内町を城下町や門前町と対比してその意義を評価しているので、ここは「じないまち」と読みたいところ。

全国統一をめざす織田信長が、もっとも畏《おそ》れたのは、各地の権力者、城主たちではなく、この寺内町の全国的なネットワークだった。だからこそ門徒の殲滅戦をあれほど徹底的にやったのだ。

信長はシャープな感覚の持主だった。寺内町をつぶしながらも、その中でにぎわっていた各地門徒のフリー・マーケットは、うまく活用している。寺内町は一種のアジールなので、諸国から集ってくる門徒たちが、各種の品物を自由に売買することができたのだ。

話がとりとめもなく脇道にそれてしまった。

要するに、この年になっても知らないこと、間違っておぼえていることなどが、あまりに多くて愕然とするのである。それと同時に、若くて頭の柔らかなときとちがって、高齢期に達すると新しく物をおぼえるということがじつに難しくなってくる。

たとえば西暦と、明治、大正、昭和の年号を容易にすり合わせることができない。昭和七年が一九三二年であることと、一九四五年が昭和二十年だとは即座にでてくる。前者は私の生まれた年で、後者は戦争の終った年であるからだ。

ちなみに、太平洋戦争が真珠湾攻撃にはじまるのではなく、マレー半島奇襲上陸作戦のほうが先だったことも、最近になって知ったことの一つだった。無知の大海はてもなし。

検索一発で確かめられる時代に

年頭には必ずいろんな誓いを立ててきた。

生活習慣からはじまって、世間とのつきあいかたや、仕事のことなどさまざまだ。たとえば今年から一日に一個リンゴを食べようと決心した。それも皮ごと、中の種までを丸ごとかじろうと決めたのである。

そんなことを考えたきっかけは、雑誌の健康記事である。リンゴの栄養は、皮の部分と芯のあたりにあるというのだ。

なるほどと考えて、今年は毎日、一個ずつリンゴを退治しようと手帖に書いた。

正月の三日ぐらいまでは、なんとか続いたが、結局、松の内を過ぎると挫折した。なにしろリンゴの皮というものは、そんなに食べて美味なものではない。いわんや芯や種をバリバリ嚙みくだいても、リンゴを食べた気がしないのである。

「農薬は皮の部分に残りやすいんじゃないですか」

などという外野席の声もあって、一日一個のはずが三日に一個となり、週に一個となり、ついに買いこんだリンゴは知人、友人にお分けすることとなる。

「リンゴ好きは医者知らず、などと言うんだけどなあ」

と、未練がましくもらすと、薄情な連中が、

「リンゴだけかじってりゃ、すべてが解決するわけでもないじゃありませんか」

などと笑う。

こうして今年の年頭の第一目標、リンゴ丸かじり作戦は一週間ともたずに消滅した。

第二の目標。

頂いたお手紙には返事を書く。お世話になったかたには、必ずお礼状を送る。

考えてみれば、社会人としては当然のマナーである。しかし、どういうわけか私にはその当然の義務がはたせずに今日まできた。そのために、ずいぶん大きなマイナスを背負って過ごしてきたような気がする。

たとえどんなに短い文章であっても、返事は必ず書くべきである。お世話になったかたへのお礼は、人間としての最低のつとめだろう。

正月に三通ほどハガキを書いた。七転八倒の苦しみだった。なぜこんな簡単なことが大変なのか。病気としか言いようがない。聞くところでは、故・永六輔さんなどは視聴者からの便りに、丹念に返事を書いたそうだ。永さんの足の爪の垢でも煎じて飲めばよかった、と思っても後悔は先に立たず。

しかし、病床の父親にさえハガキ一枚出さなかった不孝者の私が、どうして他人様に手紙など書けるだろうか。それこそ親不孝の上塗りというものではないか。

などと非常識な自己弁護を繰り返しつつ、正月三日を待たずしてその誓いも破れ去る。さらに今年からは午前四時までに就寝しようと決めた。八時間ほど眠って、正午までには起きる。それが人間としての最低のモラルだろう。昨年末は、午前八時にベッドにはいって、夕方四時過ぎに目覚める生活が続いた。これは人倫にもとる行為ではないか。しかし、この決心も諸般の事情でたちまち消去された。現在、午前六時、まだこの原稿は終らない。寝るのは七時過ぎになりそうだ。

今年の年頭に決心したことの一つに、ちょっと変ったものがあった。

それは「安易に辞書を引かない」という誓いである。さらに電子辞書は、できるだけ使わない、と決めたのだ。

年をとると、漢字を忘れる。昔は無意識にすらすら書けていた字が、なかなか出てこない。思い出して書いてみても、はて、こんな字だったかな、と怪訝《けげん》に思われてくるのはどういうわけか。とりあえず、この「怪訝」という字もなかなか出てこなかった。仕方なく辞書を見て書いてみると、どうも違う字に見えてくる。ケゲンというのは、本当にこういう字だったのだろうかと、辞書を疑ったりするのだから病状は重い。

見慣れた漢字をあらためてじっくり見ていると、不思議な気持ちになってくるものである。何十年も書き慣れた漢字が、初対面のように思われてしまうのだ。何冊も辞書をたしかめて、ようやく納得するのだが、こんなことを繰り返していては原稿が一向に進まない。

「あの字は、こう書けばいいんだったたっけ」

と、編集者にきくと、最近はすぐに携帯をとりだして確かめる場合がほとんどだ。読めるけど書けない、という人が多くなってきたのは、文章をキーボードで打つようになったからだろう。変換という便利なものがあるから、書けなくても用が足りるのである。

知識もそうだ。記憶する必要がなくなってきたのが現代である。

一九五〇年代のことだが、クラスの友人と三時間も喫茶店で激論をたたかわせたことがある。

当時、話題になっていた『25時』という小説の、作者の名前が議論のきっかけだった。たしかルーマニアの作家で、ゲオルギュウとかなんとか、そんな名前だったと思う。『25時』がその作家の作品だ、いや、ちがう、と延々と何時間も言い争っていたものだった。

いまはそんな議論はなりたつまい。検索一発でたしかめられる時代だからである。なんとなく味気ないような気もするが、それが時代の流れというものだろうか。

無駄な誓いなど立てない、というのを来年の年頭の決心にしようかとも思う。

腹を立てている時に文句を言うな?

〈腹を立てている時に文句を言うな〉

どこかでそんな格言を読んだことがあった。

そのときは、なるほど、と思った。たしかにそうだ。

人はしばしば腹を立てることがある。

私もつい最近、これは許せない、と猛烈に憤慨したことがあった。どう考えても、ひどい話だったのである。

すぐに相手に電話をして文句を言おうと思った。

そのときである。

ふっと頭にくだんの格言が浮かんだのだ。

〈腹を立てている時に文句を言うな〉

当然、怒ってもいいような場面だった。そのまま黙っていれば、とんでもない方向へ事態は進んでいくだろう。それは誰のためにもならない。強烈に抗議をして、事前にことを収拾しなければ。

しかし、問題があった。それは要するに、私が大いに腹を立てていたことである。はっきり言って、ひどく感情的になっているのが自分でもわかった。いま相手に電話をすれば、その怒りをナマでぶっつけかねない。相手の困惑する顔が目に浮かぶ。

ここはしばらく時間をおいて、自分が冷静さをとりもどしたときに抗議すべきではないか。腹を立てながら文句を言ったところで、ろくなことにはならない。

格言、金言、ことわざ、などというものは、案外、役に立つものである。いわば民芸品のようなもので、長年ずっと使いこまれているからこそ信頼できるのだ。

〈腹を立てている時に文句を言うな〉

私は何日か時間をおいて、自分が冷静になってから文句を言うことにした。そして、自分でも感心するくらいにおだやかに、情理をつくした言い方で相手に抗議をした。

結果はどうだったか。

「申訳ありません。もう決定してしまって、いまから変更は無理です」

と、いうのが相手の返事だった。

〈拙速《せっそく》〉

という言葉が頭に浮かぶ。〈兵は拙速を尊ぶ〉

多少、興奮気味で変なことを口走ったとしても、そのとき文句を言っておけばよかったのだ。

「その辺のご事情を早くうかがっておけば、なんとでもなりましたのですが」

相手が恐縮すればするほど残念さはつのるばかりである。要するにカッとなったときに、すぐさま文句を言っておけばよかったのだ。

拙速、というのは、多少無理でも、混乱していても、適当にさっさとやったほうがよい、という話だろう。

〈せいては事を仕損じる〉

とはいうものの、喫緊の際にはぶっつけ本番でいったほうがいい場面もある。

ことわざや格言には、常に二面性があることを思うと、結局はやりたいようにやるしかないというアナーキーな結論に達してしまうのだ。

人は格言、名言、ことわざに従って行動するわけではない。その場そのときの自分の立場で、いずれかの方向を選ぶのだ。その不安を支えるために、都合のいい文句を盾にするのだろう。

妙に頭に残っている言葉に、

〈一日にイヤなことを二つやれ〉

というのがあった。誰の言葉かは忘れてしまったが、相当に意志的な成功者だったにちがいない。たしかにそうだ。ずっとやろうやろうと思いつつ、やっていないことがいくつもある。朝夕そのことが気になって仕方がないのに、放置したままになっている。

そんなに厄介なことではない。その気になれば五分か十分で片がついてしまう位の些《さ》事《じ》なのだ。それが心の重荷になって、日々後悔の種になっているのだから困ったものだ。

〈見る前に跳べ〉

という言葉があった。若々しい時代だった。戦後、この国が青年だったころの象徴である。若い頃、その言葉にどれほど励まされたことか。

いまは〈よく見てから跳べ〉という時代だ。または〈見ないで跳ぶな〉という風潮がもっぱらである。

四十代の男性で結婚していない人の数が年々増えているという。

たしかに結婚は跳躍だ。見過ぎると跳べなくなる。

就職もそうだ。企業の経営状態や将来性など、リサーチは結構だが、そこにエネルギーを注ぎこみ過ぎるのも問題だろう。どんな名門企業でもつぶれることはある。アブない会社が国際的に大発展するときもあるのだ。

ところで話は前にもどるが、腹が立った場合、すぐに文句を言うべきか。

それともじっと怒りを腹におさめて、後日、冷静に抗議をするべきか。

格言は前者をいましめる。

腹立ちまぎれに怒鳴りまくったところで、器量のなさを暴露するようなものだ。

しかし、日がたったとしても、じっと怒りを抑えて冷静さを保てるものだろうか。

「もの言わぬは腹ふくるるわざ」である。文句を言わずにじっと我慢しているのは、体にも心にも悪い。しかも後になって笑顔で文句をつけるというやり方は、人に陰険なやつと思われる危険もあるのではないか。

勝手にしろ、という声が天からきこえた。あなたならどうする?

自分のことは棚にあげて言う

日々の暮しぶりとか、健康とか、老後の生き方とか、いろんなことについてこれまで勝手なことをあれこれ書いてきた。正直言って忸怩《じくじ》たる思いがある。

もっとも私の場合は、常識や道徳と反対のことを述べたてる説が多いので、嘲笑されたり馬鹿にされたりしても、自分でうしろめたい思いをする感じはそれほどない。

とはいうものの、

「偉そうなことを言って、自分はどうなんだ」

という内面の声は常に心の中にひびいている。

自分はどうなんだ、という言葉がどこからかきこえてきた瞬間、ぴたりと筆が止まってしまうのだから困ったものだ。

「自分はどうなんだ」

この声には逆らいがたい真実味があって、頭を抱えるしかない。

明日は明日の風が吹く、あまりくよくよするのは体にもよくない、などと何度も書いてきた。今日一日、というのが、ずっと私の建《た》て前《まえ》である。

しかし、そんなことを言ったり書き散らしたりしながら、自分はぜんぜんそうではない。現に十一月五日に締切りの原稿があって、二カ月も先のことなのに気になって仕方がない。机の前の鏡に紙を貼って、そこに赤いマジックで〈忘れるな！　十一月五日締切り必守！〉などと書いたりする始末だ。

明日どころか、半年先のことでさえ気になる人間が、なんで「明日を思い煩うな」だ。いつ火星十何号とやらが飛んでくるか、いつ直下型地震が襲うか、いつハイパーインフレになるか、まったくわからない時代である。明日のことなど考えるより、今日一日を悔いなく生きることが大事だ、などと口では偉そうなことを言いながら、非常用の電池をやたらと買い込んだりする自分が恥ずかしい。

このところずっと日本国民の貯金は増え続けているという。勤労世帯の貯金は逆にどんどん減っているらしいが、高齢者、年金世代の貯金が増えて、それが全体の貯蓄の額を押しあげているのだそうだ。

年金生活者がどうして貯金を、と不思議な気がするが、要するに老後の不安からとぼしい年金をやりくりして、銀行にあずける高齢者が数多くいるらしいのである。

年金をもらうようになれば、もう十分に老後ではないか、などと言ってはいけない。なにしろ「人生百年」時代なのである。八十歳、九十歳になっても、さらに老後の心配をしなくてはならない世の中になったのだ。

昔は老人の明日など、問題ではなかった。ただひたすらに後生《ごしょう》のことを念じていればよかったのである。高齢者の明日とは、「お浄土」のことだった。

それが今ではとぼしい年金を節約して、こつこつ貯金をするかたがたが沢山いらっしゃる。その額が国民の貯蓄額を押しあげて、国債発行の担保となっているらしい。なんとも切ない話ではないか。老いて後生のことではなく、現世《げんせ》のことを思い煩わなければならない世の中なのだ。

私はこれまで、こうすれば元気で生きられる、などと勝手な説も披露してきた。片脚立ちで歯を磨く、などという珍説をとなえたりもした。現在でも、心と体について偉そうなことを言ったり書いたりすることが多い。

しかし、本人はどうか。腰が痛い、脚が痛いと、日々悩みつつ暮しているのが実状である。後生のことなどあまり考えない。悪人正機などと言ってはみても、自分のような人間はやはり無間地獄に行くしかないと思っている。

そんな自分が、世の中のこと、生きること、思うことなどに関して言ったり書いたりする資格など、本当はあるわけはないだろう。

しかし、それでも、実際はこうなんだ、と真剣に思うことはある。では、どうするか。自分のことは棚にあげて、という道しかあるまい。人の生き方、暮し方、そして死に方などに、お手本などというものはない。それをさかしげに書いたり喋ったりすることは、まともな人間にはできないことなのだ。

もし、それが許されるとしたら、「自分のことは棚にあげて」感想を述べるしかないのである。

健康や養生、また長寿について語った先人で、なぜか意外に早死にした人が少くない。岡田式静坐呼吸法で一世を風靡した異才、岡田虎二郎は四十八歳で急死した。当時の彼の崇拝者には、著名な文学者や有名人が少くなかった。それらの人びとが一斉に背を向けて離れていったのは、なんとなくわからぬではない。

しかし、長寿法を説いたご本人が早世しようと病床に伏そうと、説いていることが正しければそれでいいのではないかとふと思うのだ。

思想家や哲学者など、言行一致していない人は無数にいらっしゃる。しかし、だからといって、その理論や思想の値うちが落ちるとは思われない。

正直に自分のことを振り返ると、ギャッと叫んで地面にもぐりこみたいような気持ちになってくるのは私だけだろうか。

世の中に向けて何かを述べるということは、「自分のことは棚にあげて」言うしかないのである。

私の生活習慣ベスト・スリー

「早飯、早糞、芸のうち」

などという。昔の軍隊とか、大学の運動部とか、集団生活をする所ではもたもたしてはいられない。パパッと入れて、サッと出すのが生き抜くヒントである。

しかし、私の得意技はその反対に、なんでも長くやるのが味噌だ。

「長湯、長糞、長仕事」

これが私の長年の生活習慣ベスト・スリーである。たぶん死ぬまでそうだろうと思う。後期高齢者の自慢話として読んでいただきたい。

「長湯」というのは、言わずもがなの長風呂のことだ。ぬる目のお湯に長くはいる。四十一度か四十二度というところが普通らしいが、長くはいると決めた時には、四十度にする。雑誌を二、三冊か、新刊本のカバーを外したのを一冊、それに老眼鏡とコップ一杯の水が必須のアイテムだ。

頭のうしろにタオルを丸めたやつを置き、胸元まで湯につかって活字を読む。雑誌一冊を完読するのに一時間、単行本だと二時間程度だろうか。最後に湯の温度を少しあげる。あがる時に冷たいシャワーで体を締めてやる。

風呂のふたを机がわりにして原稿を書いてみたこともあるが、これはうまくいかなかった。なんだかふやけた文章になってしまうのだ。

ひまな日には、一日に三、四回もそれをやったことがあった。長湯のコツは、あがりぎわに冷水で身を締めることと、風呂場で体を洗わないことだ。垢は長く湯につかっているうちに自然に溶けるものと勝手に決めている。

「長糞」というのは、特に排出に時間をかけるわけではない。ただ便座に腰かけている姿勢が落着けるのと、空間の狭さに安心感をおぼえるところがあるのだ。

この時も活字が手離せない。ロダンの「考える人」の発想は、便座に腰かけているポーズなのだと思っていた。トイレの場合は、なぜか文庫本がしっくりくる。新書も、まあ悪くないが、やはり定番は文庫本だろう。

活字に目を走らせている内に、便意はおのずと春風のように訪れてくる。私はかつていきんで排泄した記憶がない。ページをめくっている間に、自然に物《ぶつ》が通過していく。

たぶんこれは、急がないからだろうと思う。出ない時は出ないままに、出る時は出るにまかせて、三十分から長い時は一時間ちかく坐っている。

座禅は坐るだけではない、と以前教えられたことがあった。立ってする禅を立禅《りつぜん》、歩きつつするのを歩禅《ほぜん》、横になってするのを寝禅《しんぜん》、とかいうそうだ。さしずめトイレに坐っている時間は、私の聖なる便禅《べんぜん》とでもいうべきか。

別に必要がなくても、気持ちを落着けたい時はトイレに坐る。長く便座に坐るのは体に良くない、と、どの健康本にも書いてあるが、人はさまざまな存在なのだ。普通一般の説を気にすることはないだろう。

最近、人間は坐ることで命をちぢめている、という趣旨の本が世界でベストセラーになっているらしい。一時間に一回は立って血行をうながすように、と週刊誌なども騒いでいるが、「面壁九年《めんぺき》」の達磨大師などはどうなのだ。禅修行のお坊さまたちが一時間に一回立って血行を良くしていたのでは様になるまい。

さて、「長仕事」というのは、一つの仕事を長く続けるということである。

九州人である私は、もともと粘り気の足りない人間で、辛棒ということが苦手だった。

いわゆる三日坊主というタイプで、何事も長続きしない性格である。雑誌やテレビなどで紹介される健康法なども、よーし、と決心して開始するのだが、一週間と続いたことがない。大体、三日で終りである。三日坊主とはよくいったものだ。

そんな私であるが、妙なところで長く続いていることがいくつかないでもない。たとえば、時計。

ときどき服に合わせたつもりで、茶色のベルトの腕時計をする時がある。これは直木賞の副賞としてもらったオメガのコンステレーションで、一九六五年製のものだ。ほぼ半世紀たってもちゃんと動くから、私自身より長もちするだろう。ちなみに直木賞の選考委員をいちばん長くつとめられたのは大佛次郎さんで三十八年間おやりになった。私が三番目で三十二年だそうだ。「オール讀物」の編集者にきいてびっくりした。

しかし、考えてみると金沢市でやっている泉鏡花文学賞の選考会に出るのは、今年で四十三回目。それより長いのが九州芸術祭文学賞というやつで、四十五回皆勤している。最初の頃は、安岡章太郎さん、江藤淳さんと三人で選考委員をつとめたものだった。

ある夕刊のコラムの連載が、四十年になる。そんなことを行きつけの寿司屋のカウンターで話していたら、店の人が笑って、

「うちの店にこられるようになって、今年で五十年あまりだそうですが」

と、言った。そういえば、東京オリンピック前後の頃からだから、それくらいたつのかもしれない。以前、エリッツィンがきた時の話など、おもしろい話が沢山あるが、ここでは書かない。プライベートなエピソードは、いろいろ差し障りがありそうだからである。

一九六〇年代に横浜の信濃屋で買った靴が少しゆる目になった。6ハーフのサイズだが、加齢のせいで足がちぢんだせいか。それとも半世紀はき続けて、靴のほうがのびたのだろうか。

健康は乱調にあり

健康は命より大事？

「健康は命より大事」

というジョークがあって、思わず笑ったものだった。

笑いといえば、この国はお笑い大国である。テレビ番組における笑いの需用が、これほど高まった時代はないのではあるまいか。

芸人、といえば、昔は百花繚乱、じつに数多くのジャンルがあったものだ。いちいちあげるまでもない。いまは芸人といえば、お笑いのプロというのが常識である。最近の日本人は、笑いを必死で求めているかのようだ。

人はどんな時に笑うか。楽しい時に笑う。嬉しい時に笑う。幸せな時に笑う。しかし、それだけではない。

「人は不安な時に笑う」と、言った人がいた。ひょっとしたら、いまの私たちは何か底知れぬ大きな不安を感じていて、それで笑いに逃避しているのではあるまいか。

いま、この国と私たちの暮らしは、なんとなく安定しているかのように感じられる。政権への支持率も高いという。オリンピックもくる。ＳＭＡＰの去就は国民的関心の的だ。ピコ太郎と恋ダンスで、一億みながほんわか気分である。

しかし、四海波おだやかに見える世間の深部に、なにか見たくない不安の影がうごめいている。それは真実が見えない、という不安だ。

ひと頃、おそろしい話が流行《はや》った時期があった。この国の財政は破綻する。ハイパーインフレから預金封鎖も、もうすぐだ。やれドルを買え、金に替えろと、大騒ぎだった。しばらくすると、こんどはこの国は大丈夫、本当は日本は世界の隠れ金持ち国である、未来は明るい、という説が続出して、皆がなんとなくほっとする気分だった。

そして最近は再び悲観論が巻き返してきた。「寄せては返す波の音」である。寿々木《すずき》米若《よねわか》師の名調子を、つい思いだしてしまう。

そこへミスター・ＵＳＡ、トランプ新大統領の登場だ。就任演説のなかで、はっきり耳に残ったのは、

「アメリカ・ファースト！」

のワンフレーズだけだった。

〽アメリカ一番　電話は二番　三時のおやつは——と、つい口ずさんでしまった。

はっきり言って、明日はどうなるかわからない。ニッポン国の行方もわからない。そうなると、頼りになるものは何か。

私は戦後の闇市を知っている。ロシアの闇市も、ラテンアメリカの闇市も見た。国の経済が崩壊したとき、人びとは闇市で食糧や生活必需品を手に入れるしかないのだ。そんな状況では聖徳太子になんの御利益もないのである。

物々交換が闇市の原則である。かつての闇市では、酒、煙草、砂糖の三つが花形だった。いまは、煙草も砂糖も、それほど人気はあるまい。酒は大丈夫だ。どんな悲惨な暮らしがあっても、必ずどこかで高級ウィスキーやブランデーの需用はあるものなのだから。

パテックの腕時計とか、宝石とか、貴金属類も、あまり闇市には向かない。本物とニセモノの判定がむずかしく、本物だと必ずその筋の人たちがからんでくるからだ。

しかし、そんなセコい気遣いよりも、一旦緩急《いったんかんきゅう》あれば、健康な体をもっていることが何よりの財産だ。丈夫であればなんとか働くことができる。泥棒でも強盗でもやって家族を食わせることができるだろう。

失礼な話だが、昔、封建時代に北陸地方で危機的状況におちいったときの土地柄の対処法を諺《ことわざ》にした文句があった。富山、石川、福井の三県のキャラクターを、地元の人びとみずからが自虐的に表現したものである。

〈越中強盗　加賀乞食　越前詐欺〉

というのだ。その後に若狭、能登と続くのだが、あまりにひどい言い方なので文字にはできない。要するに富山の人は進取の気性に富むという話だ。石川は上品、福井の人は頭がいい、ということだろう。

しかし、いずれにしても丈夫な体は大事である。「健康は命より大事」という話が実感をおびて迫ってくる。

先日、ある読者のかたからお手紙をいただいた。

〈あんたの書くものは吹けば飛ぶような話ばかりだが、一つだけ面白いと思うものがあった。それは、年齢と食事の量に関する話である〉

その部分がコピーされて封筒にはいっていた。たしかに昔、自分が書いた文章である。〈「腹八分《はちぶ》」とは、よく耳にする言葉だが、それだけでは十分ではない。年齢というのも大きな問題である〉

と、しかつめらしい前おきに続いて、

〈のび盛りの十代までは、腹十分《じゅうぶ》。つまり食べたいだけ食べて、しっかり育つ。

二十代に入れば、腹九分《くぶ》でいい。

三十代は、腹八分。ここが基準である。四十代になると、少しひかえて腹七分《しちぶ》。

五十代では、腹六分《ろくぶ》。以下、十歳ふえるごとに一分《いちぶ》ずつへらしていく。

六十歳をこえたなら、腹五分。七十代に達したときは、腹四分が適当だろう。

八十代では腹三分《さんぶ》。九十代で腹二分《にぶ》。百歳で腹一分《いちぶ》というのは、いささか酷だろうか。

百歳をこえたらカスミを食って生きていただく。〉

現在の私は、ほぼ一日一食ちょっと、おのずと計算どおりにいっているらしい。

非常民のライフスタイル

一日一食で大丈夫、という説がある。いろんな有名人の中にも、一日一食で活躍なさっているかたが少くないらしい。

じつは私も、ときどき一日に一度しか食事をしない日がある。ただ、それは主義としてそうしているのではない。雑用に追われて、つい食事を忘れてしまった結果なのだ。

深夜まで食事抜きですごしていると、やはり脱力感がある。そういえば今日は何も食べていなかったな、と気づいてももうおそい。

仕方なく机の引出しからナッツ類の袋を引っぱりだしてポリポリかじる。明日は五回ぐらい食べてやるぞと心に誓って眠りにつく。

実際に日によっては四、五回、食事をするときもある。考えてみると、ずいぶん不規則な食生活だ。それでも大過なく日が過ぎていくので、一向に健全な食生活が確立されないのである。

健康に関するどんな本を読んでも、食事を規則正しく決まった時間にすることをすすめていない本はない。しかし、一定の時間にきちんと食事をするというのは、なんとなく抵抗があるのだ。

ものすごく大量に飼育されている食用のニワトリや豚などの映像を見ると、正確な時間に機械的に餌があたえられている様子がよくわかる。ああいう家畜にはなりたくないと思う。食べたり食べなかったりの野生の動物に憧れる幼稚な心情が、どこかに残っているのだろうか。

一日一食でも一向にかまわない。ただ、その一回の食事を決まった時間にきちんと取れ、といわれるとしんどくなる。

私はこれまで半世紀以上、乱脈な生活を送ってきた。戦中、戦後と、非常時の暮しが体にしみついているのだ。いわば非常民なのである。そのスタイルをこの年になって変えるのは、危険な試みではあるまいか。と、いうわけでいまもダラダラと不規則な生活を続けている。

一日一食でも結構。ときには絶食の日があってもかまわない。その日の都合で、夕食を三度することがあってもいいではないか。食べ過ぎたら吐けばいいだけの話だ。

古くからの知り合いで、すこぶる生真面目な評論家のかたがいらした。朝は六時三十分起床。食事は一日三回、定めた時間にきちんととる。仕事も毎日一定の時間にこなして、就寝時間は夜十時三十分。

いつも肌つやもよく、若々しい雰囲気はうらやましい限りだった。

あるとき、そのかたと海外へ同行する機会があった。いくつかの都市で、在留邦人のための講演を頼まれたのだ。

かなり時差のある旅行だった。私は平気だったが、そのかたの不調ぶりは見るに見かねるほどだった。時差のせいで生活のリズムが全く狂ってしまったらしい。

「もう海外へはいかない」

と、言ってらしたが、さもありなんと思われるほどのダメージだったようである。

私はなにもだらしない暮しが良い、と主張しているわけではない。人はひとりひとり違うと、ひそかに考えているだけだ。

そんな生活態度のせいで、現在、私はいくつかの身体的不調を抱えている。しかし、この年になってどこにも問題がないとなれば、それこそ問題ではないか。人の体は、およそ五十年ももてばいいようにできているのである。それを七十年も、八十年も使おうというのだから、最初から無理があるのだ。

「治《なお》る」
「治《なお》す」
という言葉を私は使わない。時間とともに錆びていく体を、根本的に「治す」ことなどできるはずがないではないか。

「治《おさ》める」
と、これを読めば納得がいく。どんな画期的な治療法も、最新技術による施術も、体の不具合を「治める」だけだ。

「そういうことを言ってると、天罰がくだるぞ」
と、仲間におどされた。天罰はもう、とっくにくだっているのだが、黙っていた。加齢ということ自体が、天罰みたいなものだろう。美しき老後、などというものが本当にあるのだろうかと私は疑っている。もしあるとするならば、それは諦念ということだろうか。

諦めるとは、「アキラカニキワメル」ことだ。不都合な真実でも、目をそらすわけにはいかない。私たちは、はたして何歳ぐらいまで生きることを考えるべきなのだろうか、としばしば思う。

以前、『下山の思想』という本を書いて、あちこちからお叱りを受けたことがあった。しかし、登山というのは、頂上をめざしてがむしゃらに登るだけの行為ではない。

経済の発展期には、文化とか思想とかを考える余裕はない。成長と成熟のあいだには、タイムラグがある。成長が落ちついた時から成熟が始まるのだ。

老いとか、死とかを考えるようになった時代は、まさに成熟への歩みを踏みだした時機ではないだろうか。人はそもそも何歳ぐらいまで生きるのが望ましいのか。百二十歳まで生きて本当に幸せなのか。

人生五十年、といわれた時代には、人びとの心の中に、後生《ごしょう》、という感覚があった。いまは、ない。生の終りがすべての終りであるのかどうなのか、その辺を考えることも成熟の大きな要素のような気がしている。

百年人生への不安

「やっぱり後生《ごしょう》のことが気になりますよね」

と、ある地方テレビ局の若いディレクターが言ったので、私はのけぞらんばかりに驚いた。

「えーっ、きみみたいな若い人でも、やっぱり後生《ごしょう》のことは気になるのかい」

「そりゃあ、気になりますとも。ぼくだってあと五、六年たてば停年退職ですから」

「失礼だが、きみは、いくつだっけ」

「四十九です」

若いディレクターと書いたが、八十五歳の私にとっては五十歳以下はみな若い人に感じられるのである。

「五十代半ばで停年だって？　まさか」

「いや、本当です。五十五でいったん退職して、あらためて再雇用ということになります。月給はぐーんとさがりますけど」

「本当かね。法的には六十歳を下回ることはできないはずだけど」

「法律はともかく、うちの局では停年が五十五歳です。だから後生《ごしょう》が不安なんですよ」

彼の言うことはわかるのだが、その後生《ごしょう》という言葉の使いかたがよくわからない。後《ご》生《しょう》というのは、この国では一種の仏教用語だからである。

後生をコウセイと読めば中国流になる。〈後生畏《こうせいおそ》るべし〉とは論語の言葉と昔おそわった。羽生永世七冠が藤井六段に抱く感想だろう。後生《こうせい》とは後輩、若い人のことだ。

しかし、これをゴショウと発音すると、かなり変った意味になる。この国でいう後生《ごしょう》とは今生《こんじょう》の後のことだ。今生《こんじょう》とは現世である。だから死んだ後のことが後生《ごしょう》なのだ。

「後生、お頼みもうします」

とか、

「死んだあと、お浄土にいけますように」

などと昔のお年寄りはひたすら念じたものだった。

「後生の一大事」

というのは、ちゃんと往生、成仏できるかどうかという話である。

それを時代の先端をゆくテレビ局のディレクターが口にするのが納得がいかない。

「きみのお家の宗旨は？」

「さあ。たぶん曹洞宗だと思いますけど」

「ふーん。どうして後生《ごしょう》が気になるんだい」

「そりゃあ当然でしょ。テレビマンも一介のサラリーマンですからね。停年退職後の人生が気になるのは当然じゃないですか」

「え？　停年退職後の人生――」

つまり彼のいう後生《ごしょう》とは、退職後の生活のことであるらしい。あの世の話ではないのだ。彼は続けて、

「最近、百年人生とかいうじゃないですか。そうなると五十代で退職しても、あと五十年ちかく生きなきゃならない。その後半五十年が不安でないわけがないでしょ」

「要するに後半生のことを言ってるんだね」

「そうです。仮りに六十歳まで勤めたとしても、後四十年ある。家計、健康、天災、国際情勢と、不安だらけの後半生です。しかも八十五歳すぎたら三分の一は認知症気味とかいうじゃないですか。なんでそこまで生きなきゃならないんですかね。後生《ごしょう》のことを

考えると、ほんと、気が滅入ってしまって」
「後生《ごしょう》、でなくて後半生といったほうがいいと思うけど」
「野球でいうなら、九回投げて完投したと思ってたら、十二回まで投げろと言われたようなもんです」
「じゃあ、百年人生はむしろ負担なんだね」
「当然ですよ。最後まで元気ならいいけど、そうはいかないでしょ。寝たきりで介護される晩年なんて、考えただけでも憂鬱になってくるじゃないですか」
「うーむ」

考えてみれば、たしかにそうだ。彼の言うことに一理あることは認めざるをえない。

平均寿命よりも健康寿命が大事、とはよく言われることである。しかし寿命は必ずしも健康に比例しない。

そして、健康寿命のほかに経済寿命ということもある。

特別な人たちをのぞいて、一般に長生きだとお金の苦労をすることが多い。貯金や年金なども余り当てにはできないのである。

さらに年をとるということは、体のあちこちが不自由になるということだ。私も現在、身体的能力は十年前にくらべて半減しているといっていい。

道に落とした一円玉を、親切に注意してくれる人がいる。

「一円、落とされましたよ」

「あ、どうも。ありがとう」

と礼を言っても、人通りの多い道路で体をかがめてその一円貨幣を拾うのは、大変な苦労なのだ。路面に片膝をつかなければ手がとどかないのである。拾ったら拾ったで、起ちあがるのにまたひと苦労する。情けないことに、何か片手でつかまるものがないと、膝がガクガクしてなかなか起てないのだ。

万事につけそんな具合いで、加齢というのはとんでもなく厄介なものなのである。

コップ一杯の水を飲むのにも誤嚥しないように慎重に飲まなければならない。つい二、三日前も、飲んだ水にむせてジタバタしたばかりだ。

百年人生も結構だが、後生《ごしょう》のことより後半生のことを重荷に感じるのは、私だけだろうか。

日常生活不可能の一歩手前で

今年、戦後はじめて病院で診察を受けた。

しかるべき紹介者にお願いして、しかるべき専門医に診ていただいたのである。これまで戦後七十余年、歯医者さん以外の病院には、まったく無縁の生活を送ってきた。といっても、体の不調はしばしばあった。それでもなんとか自分でやりくりして、病院の門をくぐらずにやってきたのだ。レントゲンの撮影も、昭和二十七年、大学入学の際にいちど体験したきりである。ほとんど医療処女といった感じだった。

あらためて記憶をたどってみると、一度だけ大学病院に顔を出したことがある。五十歳前後のことで、老眼鏡を作るにあたって正確な瞳間距離を測ってもらうためだった。治療ではないから、これは病院体験とはいえないだろう。

とりあえずこれまで健康保険をほとんど使わずにやってくることができたのは、好運と痩せ我慢のせいである。しかし、人生、そう甘いものではなかった。

二、三年前から、左脚が不自由になってきたのだ。歩くことにかけては自信があっただけに、どうも納得がいかない。かつては『百寺巡礼《ひゃくじじゅんれい》』などと称して、全国各地のお寺を駆け回っていたのである。

自家宣伝でお恥ずかしいが、最近、BS朝日で金曜日の夜に再放送がされている。きれいな風景なので、ぜひご覧になっていただきたい。

もう十数年も昔のことになるが、当時は山奥の寺の石段など一気に駆けのぼっていたものだった。室生寺では往復千四百段あまりの石段を三往復したこともあったのだ。リハーサルで一回。本番の撮影で一回。それで終りかと思いきや、最後に広報用のスチール撮影がもう一回残っていた。

三徳山《みとくさん》の投入堂《なげいれどう》を訪れたときなど、鎖につかまって命がけの登攀《とうはん》だった。

そんな健脚自慢の私が、最近では横断歩道を渡るにも足を引きずる始末。駅ではエスカレーターを探してうろうろする。階段はとにかく苦手。

あまり周囲がうるさくいうので、戦後七十余年の禁を破って、ついに病院の軍門にくだった。

レントゲン撮影のときは、身がすくんだ。なにしろ一九五二年春以来の被曝体験なのだから。

大きな病院をはじめて訪れて、ショックを受けた。世の中にはこれほど多くの病に悩む人びとがいるのか、と。

最初は総合診療科。しばらく日をおいて専門の整形外科に回された。

結果は、変形性股関節症と診断された。

「どうすればいいのでしょうか」

「まあ、日常生活不可能ということになれば、手術もありますが」

「なんとか我慢すれば歩けるんですけど」

「プールでの水中歩行などは、効果があるかたもおられるようですね」

「はあ」

「ま、お大事に」

と、いうことで、初の病院体験は一丁あがりとなる。

自分が脚が不自由だと、街を歩いていても同じ悩みを抱えている人に気づくことが多い。杖をついている人、支えられて歩く人、階段の上り降りに苦労されているかた、などなどなんと歩くことに不自由な人が多いことだろう。

新聞記事によれば、変形性膝関節症と、股関節症で悩んでおられるかたの数は、二千五百万人から三千万人に達するという。まさに国民病といっていい。

これに腰痛をくわえると、いったいどれほどの人が苦しんでいることだろう。日常生活が不可能、ということは、たぶん自分で歩けない、ということだろう。そこまでいくと手術という話になる。

しかし私のように、痛みを我慢してそろそろ歩いている分には、車椅子のお世話になる必要はない。階段もスロープを使うか、一段ずつ交互に足を運べばなんとかなるのだ。この蛇の生殺しのような状態こそが、病気というものではないのか。

現代医学は想像を絶する進歩をとげているらしい。しかし、人びとの日常の不自由については、ほとんど無力のような気がする。

命にかかわる、というほどでない普段の苦痛こそ、耐えがたいものなのだ。足のむくみとか、シビレとか、水虫とか、微熱とか、慢性的な頭重《ずおも》とか耳鳴りとか、いろんな日常的不具合を研究してもノーベル賞にはならないかもしれない。

しかし、そんな手術とまでいかない日常の苦痛こそが、人の心を萎《な》えさせるのである。

大流行作家であった故・渡辺淳一さんは、札幌医大出の医師だった。立派な体格をしていたし、いかにも健康そうだった。だが、直木賞の選考会で顔を合わせるようになった頃は、ひどい肩痛で悩んでいた。かなり頑固な痛みらしく、

「腕があがらないんだよ。ネクタイ締めるのもひと苦労でね。あちこち病院にいったり、注射してみたりするんだが、どうも打つ手がないらしい」

と、しきりにぼやいていた時期があったことを思い出す。

難聴で悩んでいる人もいる。歯で困っている人もいる。日常生活不可能という、その一歩手前が問題なのだ。痛む足をかばって歩いているうちに、腰までおかしくなってきた。やれやれ。

健康は乱調にあり

若いころから不規則な生活を続けてきた。

体に良くないといわれることも、気にしないで過ごしてきた。今もそうだ。

このところ、食事をするのが面倒で仕方がない。深夜に気がつくと、丸一日なにも口にしていなかったりもする。

健康や養生に関する本は、目についたものを片っぱしから読む。役に立つと思ってのことではない。面白いからである。

どういう所が面白いかといえば、専門家の言う意見が、それぞれ全くちがう点である。どちらも一理ある提言なので、その時はなるほどと深く納得する。

しかし、三、四日たってまた他の本を読むと、正反対のことが書いてある。うーむ、それもそうだなあ、と同感する。しばらくの間、素直に本の内容を忠実に実行するが、さらにちがう本を読むと、真逆な説が紹介されていて、これもなるほどと思う。

結局、右往左往しながら、この齢まで生きてきた。そしてたどりついたのは、

〈要するに、極端はいけない〉

という、あまりにも月並みな立場である。

〈なににつけても、ほどほどに〉というわけだ。

年寄りほど肉を食べろ、といわれて三日も続けてステーキを口にしていたら、切干し大根の味が恋しくなるのが当然だろう。そこで、

〈やっぱり日本人には和食だ〉

という意見が最近しきりに目立つようになってきた。粗食のすすめ、という一種の揺りもどし現象である。

しかし、どちらにしても私は以前から、健康本、養生本の内容に、ある不満を抱いてきた。それは全くちがう立場の専門家が、妙に同じ意見を主張する点がいくつかあることだ。

たとえば、早寝早起きをすすめない本は、一冊もないといっていいだろう。どんなに独創的、かつ革命的な発想の本であっても、早寝早起きをすすめない著者はいない。

だが、その通りなら、私なんぞはもうとっくに死んでいていいはずだ。この半世紀あ

まり、私は早寝早起きとは全く逆の生活を続けてきたからである。

「毎日、朝日を拝んでから寝床にはいるんだから、健全な暮らしじゃないか」

と、これまで冗談まじりで広言してきた私である。最近では、早朝どころではない。

午前八時か九時に寝るリズムになってきた。そうなると、自然と目覚めるのは午後もかなりおそい時間になる。

しかし、仕事が夜ばかりならいいのだが、世間はそう甘くない。午前中に出かけなければならない時もある。そんな日には、結局、目をショボショボさせながら、眠らずに務めをはたすことになるのが常だった。

そんなふうだから、外国へいって時差というものに悩まされたことは一度もない。以前、ある同業者と外国にご一緒したのだが、規則正しい暮らしに慣れているらしい彼は、見るも無残に時差に苦しんでいた。

さらに私が納得がいかないのは、どんな健康本でも、三食きちんと食べろ、と書いてある点である。

戦中、戦後の少年だった私たちは、きまった時間にものを食べる習慣などなかった。食べられる時にガツガツ食べていたのだ。ある本に、

「きちんと朝食をとらない子供は不良になる」

と、書いてあって、これには残念ながら納得しないわけにはいかなかった。

〈そうか。自分が不良になったのは、朝食をきちんと食べなかったせいか〉

と、ちょっと嬉しい気もしたのである。

規則正しい生活、といわれると、私はふと食用に生産されるニワトリを思いだす。なにかにつけても極端はいけない、などと言いながら、私自身は極端に不節制な生活を送っている。若いころ乱暴な暮らしをしてきた人間が、歳をとるとおとなしくなる例は少くないが、私の場合は反対だ。昔より今のほうが、はるかに常識外れな日々を送っているような気がする。当然、一挙につけが回ってくるにちがいないと覚悟しているが、日本人の平均寿命を超えてなんの不足があろうか。

若いころは、両親より一日でも長生きするのが親孝行、とひそかに思っていた。それぐらいしか自分にできる親孝行はないと感じていたのだ。戦後の混乱期のせいもあって、私の両親は早く世を去った。

きちんと朝食をとれ、といわれても、寝る前に物を食べるのは良くないと思う。明日はきょうの分までしっかり食べなければ、と自分に言いきかせながら、眠りにつく。窓の外はすでに日ざしがまぶしい。カーテンを閉めると気分は深夜だ。

最近、健康に関するテレビの番組が花盛りである。それだけ視聴者の関心も高いのだろう。しかし、人間はひとりひとりちがう。あまり神経質になって、右顧左眄《うこさべん》するのはどうだろうか。

私自身、かつてはそうだった。情報にふり回されるのは、それはそれで一種の快感でもあったのだ。

中庸《ちゅうよう》、などと難しいことを考えるまでもない。どんなことでも極端はいけない、と頭の隅で思っているだけでちがう。

などと口では言いながら、自分自身の暮らしは一体なんなのだ、と、思わず笑いがこみあげてきた。

人生百年時代を生き抜く

オールド・ジャパンの未来

聖路加国際病院名誉院長の日野原重明さんが亡くなられた。享年百五歳であったという。

生涯現役を標榜《ひょうぼう》されていた日野原さんらしく、晩年にもテレビに登場されていた。九十代までは階段を二段ずつ駆け上ると豪語しておられたが、さすがに最近は車椅子だった。

人は加齢とともに、いろんな部分が衰える。認知症の気配もでてくるし、耳も、目も、歯も次第に頼りなくなってくる。しかし、高齢者にとって最大かつ普遍的なテーマは、足腰の衰えではあるまいか。私などもすでに八十代にして、下半身の退化をつくづく実感しているところだ。

パラリンピック関連のテレビ番組を見ていると、びっくりするような映像がでてくる。なんと義足で走る、跳ぶ、その他さまざまなスポーツに挑戦する感動的な姿である。

義足であれほどのことが可能であるなら、高齢者の足腰をサポートし、歩行を楽にする新製品がどうして生まれないのか。

起つ、歩く、しゃがむ、坐る。これだけの動作を完璧に補佐する運動補助器があれば十分だ。

歯の退化には義歯がある。耳が遠ければ補聴器がある。もちろん、現行のものははっきりいって未完成だ。しかし、本気で取り組めば最良の製品を作りだす実力を日本のメーカーはそなえているはず。なぜ大きなものだけに執着して、小さな精巧なものを無視するのだろうか。

補聴器のポルシェを作れ、と私は以前提言したことがあった。年をとったらポルシェだのフェラーリだのはいらない。人間に優しい完璧な補聴器をこの国が生みだしたなら、格差社会の上位の住民は豪華ヨットや自家用ジェットを売ってでもそれを買うだろう。その儲けで、日本国民の高齢者には「国民○○型」なんてものを安値で提供すればいいではないか。

「そもそも人間の歯というものは、およそ五十年で限界がくるようにできてるんです」

と、ある歯科の先生が言っていた。

「それを八十年、九十年、使おうというんですからどだい無理があるんですよ」

たしかにその通りだ。人生五十年、というのが昔の常識だった。夏目漱石がロンドンに留学した頃の英国の平均寿命は四十五、六歳ぐらいだったという。ちなみに当時の日本人の平均寿命は、四十三歳。

私たちが国を愛するのは、国民を大切にしてくれるからだ。いま、足腰の不具合で悩んでいる日本国民の数は、約二千三百万人という。そのほとんどが高齢者なのである。これを無視するような国に未来はない。くり返すが、起つ、歩く、しゃがむ、坐る、この動作だけでもサポートしてくれる器具を何百億かけても開発すべきだろう。

また人の手で介護するには限界がある。ロボットのような大袈裟な機械でなくても、ポケットのリモコン一つで下半身の動作をサポートしてくれる軽量、かつシンプルな道具が欲しい。できればその器具を装着した上にスーツを着ても違和感のないような、軽量な補助具がいい。

これからは日本だけでなく、世界中の国々で高齢化が進んでいく。低成長時代の一つの活路は、巨大化する高齢者層への取り組みだ。

人間というのは勝手なものだ。自分がその立場におかれてみて、はじめてわかることが多々ある。

若い頃、街を歩いていたり、店にはいったり、いろんな場所で、もたつく高齢者に舌打ちするところがあった。〈どうしてあんなにフラフラ歩くんだ〉とか、〈なんて動作がにぶいんだろう〉などと、しばしば思ったものである。

しかし、最近になってよくわかった。フラフラ歩くのは、体のバランスがとりにくいからである。私なども、気をつけないとすぐに千鳥足みたいになってしまう。センターラインが保てないのだ。

階段の昇り降りもひと苦労である。ことに降りるときが辛い。スロープを有難いと思うようになったのも最近のことである。

先日、コンビニのレジ前で一円玉を落した。なんとかがんばってそれを拾おうと思ったのだが、行列ができていて、うしろの人に迷惑がかかりそうだ。そのとき、一人の娘さんが、

「ハイ」

と言って、落ちた一円玉を拾って手渡してくれた。

「や、どうも。ありがとう」

と、礼を言ったときには、もうその場を立ち去っていた。

まだ日本人は優しいんだな、と思った。その日いち日、なんとなく気分がよかった。

しかし、人の善意を当てにして生きる高齢期というのも、辛いものである。ここはなんとしてでも自立したい。

クール・ジャパンもいいけど、この国は堂々とオールド・ジャパンを世界に発信すべきではあるまいか。子供の頃、

〽紀元は二千六百年

とうたった。世界に冠たる老大国ではないか。高齢化は世界の流れである。そのトップ・ランナーが日本だと思えば、希望もわいてこようというものだ。

不自由な脚を抱えて、きょうも千鳥足で街を歩く。一円玉を落したら自分で拾おう、と心に決めながら。

アラハン時代の晩年とは

『晩年』といえば太宰治の第一創作集として有名である。

しかし一般に晩年というのは、何歳ぐらいをさすのだろうか。いくつかの辞書を引いてみても、曖昧な説明しかなされていない。

いわく「一生の終りの時期」「死に近い時期」「年老いたとき」などなど。

だが、よく考えてみると、奇妙な感じがしないでもない。「年老いたとき」と「死に近い時期」とは、必ずしも同じではあるまい。

九十歳をこえたかたがたを、私は勝手に「アラハン」と呼んでいる。アラウンド・ハンドレッドの意味だ。

かつて「アラサー」という流行語があった。二十代も後半にさしかかって、三十歳目前という女性たちのことをいったらしい。そろそろ適齢期を過ぎますよ、といった古い感覚から発した造語である。

なにを言っているんだ、と誰もが心の中で反撥する気持ちがあったのではあるまいか。いまは三十代で結婚するのは、ごく普通のことである。四十代で独身、という男女も少くない。

先日のニュースで、英国のヘンリー王子が、ナントカいうアメリカの女優さんと婚約したとかしないとか記事になっていた。たしかテレビドラマ『スーツ』の中でレイチェルとかいうパラリーガルを演じていた女性だ。三十六歳と書いてあったが、いまはまあ、この辺が適齢期なのではあるまいか。

一億総活躍社会などといっていると、そのうち四十代、五十代が結婚適齢期とされるときがくるのかもしれない。

そんなわけで、晩年という言葉も再検討の必要があるのではないかと思う。人生五十年の時代の晩年は、たぶんその周辺であったはずである。いまは八十、九十は当り前、百歳以上の長寿者が激増しているのが現実だ。

平均寿命というのは必ずしも長生きの指標ではないが、それでも八十年以上は生きるのが当り前という時代である。六十代、七十代で晩年面《ばんねんづら》などおこがましい限りだろう。

このところ、やたらと雨の日が続く。梅雨が長引いている感じなのだ。この調子でいくと、今年の夏も長い夏になりそうな気がする。むかしは陰暦六月を晩夏といった。夏の終りということだが、晩夏もうしろへずれこむ可能性がありはしないか。秋口にも暑い日が続き、クリスマスが晩秋の行事になったりしなければいいのだが。

こういう無駄な心配を杞憂《きゆう》という。

杞《き》という国が中国にあった。その国の人が、天が崩れ落ちるのではないかと、しきりに憂《うれ》えた。こういうふうに心配して何も手につかないのは駄目だ、という語らしい。

杞人の憂い、ということだ。

北朝鮮のミサイルが飛んでくるのか、こないのか。迷いつつも、地方では警報を鳴らし、田んぼの畦道《あぜみち》などにうずくまる訓練などが実施されているらしい。

不安をあおるのはマスコミの習性だが、一般市民はどう思っているのだろう。私の見るところでは、そんな事態はありえない、とみな心の底では思っているのではあるまいか。もし本気でミサイルが落下すると判断すれば、日常生活など放棄して半狂乱の行動に走るだろう。

吉田兼好は『徒然草』のなかで、もし金持ちになろうと思うなら、明日のことはわからない、などと思うな、ときびしくいましめた。とにかくこのままの世の中がずっと続くのだと心に決めよ、と。

たしかにそうだ。明日はどうなるかわからない、などと考えていれば、阿呆らしくて貯金などできない。丁稚《でっち》奉公を我慢するのも、いずれいつかは暖簾《のれん》分けをしてもらえると思えばこそである。

私たち晩年世代の人間は、天が崩れるのを体験してきた。預金封鎖も、新円切り替えも知っている。だから大金持ちにはなれないのではないか。現在のこの国の大富豪は、その少し後の世代のような気がする。

晩春。晩夏。いい言葉だ。趣《おもむ》きがあって好ましい感じがする。では、晩年はどうか。辞書にでている「死をまぢかにしている時期」では、いかにもさびしい。

これからいわゆる団塊の世代、六百数十万人が一斉に晩年を迎える。アラハン世代が全国民の三分の一を占める日も遠くはない。

天は落ちないかもしれないが、老と死は確実な未来である。『君たちはどう生きるか』を書いた吉野源三郎さんに『あんたたちはどう生きるか』を書いてほしかったと思うのは私だけだろうか。

人生百年時代ともなれば、「日暮れて道遠し」という時間が延々と続くのだ。人生五十年時代の文化、思想、哲学などとは位相をことにしたカルチュアが求められることになる。「永遠のナニナニ」などと言いながら、じつは五十年の人生に向けての発言なのである。

地層のズレが大変化をもたらすように、晩年のズレも未曾有の変容をもたらす。アラハン時代の晩年は、はたしてどのようなものであろうか。

などと、愚にもつかない無益な妄想をくりひろげつつ時を過ごすのも、晩年の一つの特権ではあるまいか。そのうち九十代の首相、大統領が登場する時代が、ひょっとするとくるのかもしれない。

モノを捨てる心を捨てる

捨てる、ということができない。

モノがあふれている部屋を眺めて、ため息をつくのが日課である。

火事になって身のまわりのものをすべて失っても、人は生きていくではないか。どうしてこれらの品々に執着するのか。

ひとつは戦中戦後のモノ不足の時代に育ったせいだろう。当時は百パーセント木綿の衣類を、純綿《じゅんめん》といった。純綿は貴重な品だった。代用繊維の服を着ていても、純綿の下着をつけていると誇らしかった。

その時代の後遺症のせいで、いまだに古い綿のパンツを捨てることができない。穴のあいたセーターもある。これも昔は純毛《じゅんもう》といって大事にしたものだ。古い靴下がある。穴があいていない靴下を、どうして捨てることができようか。

半世紀も昔のジャケットがある。昔は、良い品を買って一生使うというのが美徳だった。しかし、どう工夫してもいまの時代に着ることのできるデザインではない。では、捨てるか？　うーむ、やっぱり残しておこう。

靴が山のように積みあげてある。私は靴にこだわるところがあって、一足一足、いろんな思い出のあるものばかりだ。買った店も、値段も、みんな記憶に残っている。資料の山を眺めてため息をつく。今後それを利用する機会は、まずないだろう。では、捨てるか。

ＣＤ、そして本。昔のヴィデオ・テープ。古いカセットが山のようにある。鞄、ボストンバッグ、古いトランク。

それらのすべてを手離したとしても、さし当りの生活には全く支障のないものばかりだ。

そして写真。

はじめて外国に出かけたときなど、カメラを二台持っていった。見るものすべてがめずらしく、やたらとシャッターボタンを押しまくった。いろんな国の写真があるが、なかでも圧倒的なボリュームを占めているのはインドを旅したときの写真である。プラスチックの箱に三杯分ほどある。これを捨てることができるだろうか。

もちろん、捨ててしまったところで、生きていくことに何の差し支えもない。今後、それらの写真を手にとって、思い出にふける機会もまずないだろう。

考えてみると、人間が生きていく上で必要なものは、ごくわずかである。シャツが二、三枚。上衣とズボンが二、三着。帽子も一つで十分だ。どうしてベルトが一ダース以上もあるのか。サングラスも五、六箇あるし、ネクタイもずいぶんある。考えてみると、この十年あまりネクタイを締めたのは友人の告別式ぐらいのものだ。黒を一本残して、あとはすべて処分すべきだろう。

書画骨董のたぐいには昔から縁がないので、その辺は心配ない。では、どのあたりから捨てていこうか。やはり靴や衣類からだろうか。それとも写真や資料類から捨てるべきか。

モノを捨てた後に残るものは何だろう。心の大掃除か。

そもそもモノに執着するのは、生活上の問題ではない。要するに心の問題である。しかし心の問題であるならば、部屋に散乱しているガラクタにとらわれることもないではないか。

モノがあふれていようと、明鏡止水、無視すればいいだけの話だ。捨てるもよし、捨てざるもよし。拘泥《こうでい》する心こそ問題である。

あらためて仕事部屋を眺めてみる。古道具屋のごとき部屋が、なんとなくいとおしくなってくるのはどういうわけか。

はかなきこの世を、共に生きてきたモノたちよ、と、呼びかけたくなる気持ちをおさえることができない。

モノが捨てられない、それもまたいいではないか。モノにこだわる心があるからこそ、重荷に感じるのである。この世を共に生きてきた仲間と思えば、あふれるモノに対する感覚もまた違ってくる。足の踏み場がないとはいえ、机に向かうことができないほどではない。

もし、あらゆる無用のモノを捨てて、すっきりした空間に身をおいたとしたら、自分ははたして幸福だろうか。

昔、遠藤周作さんが、私に大真面目で、

「風呂にはいるのはいいが、体を洗っちゃいかんぞ、イツキくん」

と、忠告してくれたことをふと思いだす。

「人間、清潔にし過ぎるとろくなことはない。これは大事なことだ。きみだから忠告するんだぞ、あーん」

狐狸庵《こりあん》先生の言わんとしたところは、なんだろう。若い作家をからかっただけではあるまい。冗談めかした言い方で、大事なことを伝えようとしたのかもしれない。などと脈絡のないことを考えた。

モノが捨てられないのは、執着のせいである。執着はどこからくるのか。生きていればこその執着だろう。

生きている限り、執着は消えない。モノに執着し、ヒトに執着し、イノチに執着するのが人間である。

あらためて前後左右を見回すと、これもまたいいかな、と思われてくる。

いまにも崩れそうな本の山を注意ぶかくよけながら、思わず笑いがこみあげてきた。人は裸で生まれてきて、ゴミに囲まれて死ぬのだ。余計なことは考えないようにしよう。

人生後半戦をガラリと変える

数字というものが、ほとんど記憶に残らない。要するに忘れてしまうのである。歴史上の年号などを憶えるのも、昔から苦手だった。統計の数字などもそうだ。日常生活で困るのは、暗証番号である。最近はカードで支払いをすると、署名ではなくて暗証番号を押すように言われることが多い。

「えーと――」

などと迷っていたりすると怪訝《けげん》そうな顔をされるときもある。焦っていると、なお出てこなくなるものなのだ。

なんとか憶えようと工夫するとなると、結局はこじつけで頭に刻みつけるしかない。

「六七四二」

という暗証番号に、

「虚《むな》しい」

という言葉を当ててみたことがある。カードで支払いをするたびに、

「虚しい、虚しい」

と呟いていると、なんだか本当に虚しい気分になってきた。そこで、「六七四一《むなしい》」をやめて「四六四一《よろしい》」に変更した。

「よろしい、よろしい」

と呟いているうちに、なんだか気が大きくなってきて、つい無駄づかいをするようになる。

「八三四一」

で、

「優しい」

というのはどうかとも考えたが、前の番号とこんがらがってきそうでやめにした。

こじつけでいえば、法然の生まれた年を、

「いい耳」

と、憶えこんだ。「一一三三《いいみみ》」である。ところが何かの拍子に「四一三三《よいみみ》」とまちがえて、恥をかいたことがある。

年号でいうなら、私たち旧世代にとって最大の事件は、昭和十六年十二月八日だろう。

〈本八日未明、西太平洋において米英軍と戦闘状態に入れり〉

という大本営発表がラジオから流れた日である。

そして昭和二十年八月十五日。

ものの本によると、ポツダム宣言受諾の正式の日付は八月十四日だそうである。

また陸海軍に戦闘中止の命令が出たのは八月十六日。そして降服文書に調印した日が九月二日。

私たちが終戦の日として記憶している八月十五日は、天皇の玉音放送が行われた日であって、それ以上ではないという説を主張する人もいる。

この辺までは、たぶんボケても忘れることはないだろう。

その後は茫茫《ぼうぼう》七十余年、ほとんど時間と空間が錯綜して整理がつかない。

高齢者の運転免許更新の試験で、

「きょうは何月何日ですか」

というのがある。これが咄嗟《とっさ》にきかれると、一瞬とまどうときがあるのはどうしたことか。

いちど若い編集者たちと打ち合わせ中に、
「ところできょうは何月何日だったっけ」
と、たずねてみたことがある。すると三人中の二人がすばやく携帯をだして、
「何月何日です」
と、さも自信ありげに答えた。年寄りの脳は退化するが、最近の若い人たちの脳は携帯に委託してあるかのようである。

数字がスラスラと口をついて出てくる人がいる。かつての田中角栄氏などもそうだった。

ああいう才能は、たぶん天賦《てんぷ》のものだろう。そういう頭の構造なのだ。

数字が苦手な私だが、子供の頃から耳には自信があった。当時の日本の戦闘機のエンジンの音など、一瞬で機種がわかった。

旧式の九七式戦闘機、隼《はやぶさ》、鍾馗《しょうき》、飛燕《ひえん》、その他、新司偵とか、呑龍《どんりゅう》とか、そんな機種の発動機の音を自在に聴き分けることができた。

いまでも多分、耳はいいほうだと思う。そのくせ数字となるとからきし駄目なのは、

生得《せいとく》のものとしか言いようがない。

どんな人にでも、必ず何かしら独自の能力があるものだ。何もない、ということは絶対にないのである。

たとえそれがどんなに変な能力であったとしても、周囲がそれに気づき、そこを伸ばしていく気遣いを惜しまなければ、きっとその能力は花開くのではないか。

苦手なことでも、努力を続ければある程度のところまではいくだろう。しかし、その人に本当に向いたことをやらせれば、努力せずとも相当な成果をあげることはまちがいない。

世間を見回して、ああ、この人は道をまちがえたな、と思う場合がしばしばある。

人生五十年時代は終った。

これからは人生百年を覚悟しなければならない。後半生をどう生きるかが、大きなテーマとして私たちの目の前に迫っている。

もしもそれが可能だとしたら、後半の五十年を自分に向いたことをし、生きるというのはどうだろう。自分にそなわっている天賦のものをじっくり見定め、なんとかやりくりしながらその道をいく。

前半生とガラリとちがうほうが面白い。周囲もそれを応援すべきである。

しかし、自分の生得の才とは、一体なんだろうか。そのことを空想するだけでも、後半戦にのぞむ楽しみがでてこようというものだ。

人生のアクメを過ぎた後で

できるだけ医師に頼るまい、病院のお世話にはならないようにしよう、と心掛けている。

これまで交通事故にあったり、急病に襲われたりしなかったのが幸運である。おかげでほとんど医療のお世話にならずに今日まできた。

とはいうものの、どうもただ事ではない、と感じたことはしばしばあった。体調不良を意識したことも何度かある。普通ならすぐに病院にいって診てもらうべきところを、そうしなかったのは何故だろう。

自分の体は自分でケアする、とかたくなに決めていたところもあった。発作をおこして、意識不明でかつぎこまれるのは仕方がない。だが、すすんで自分から病気を発見しようとは思わなかった。

そんなわけで、戦後七十年ちかく、八十歳を過ぎるまで病院で検査を受けたことがなかった。レントゲンの被曝も、大学に入学するとき一度受けただけだった。

病院嫌いというわけではない。医師や近代医学に対する不信感からでもない。ニヒリズムなどという高尚な感覚でもない。しいていうなら、戦後派特有のある気質のせいではあるまいか。焼け跡闇市派という言葉があったが、ヤケクソ闇生き派とでもいおうか。明日《あした》は明日の風が吹く、みたいな投げやりな気質である。四十歳までは生きないだろう、と、本気で考えていたのである。

ところが超高齢社会の到来という台風にあおられて、予定の倍以上も生きる破目になってしまったのだ。

アクメという言葉を、むかし私は恥ずかしながら官能小説の用語かと思っていた。最近になって知ったのだが、これは「最良の時期」とか「花の盛りの頃」とか、そんな意味なのだそうだ。要するにクライマックス、「黄金期」のことだろう。人生のアクメといえば、今ならさしずめ五十歳前後だろうか。

「しかし、親鸞のすごいところは八十歳を過ぎてアクメに達したことだ」

と、どこかの席で喋ったら、皆に変な顔をされた。

「八十を過ぎてマスターベイションが可能だったんですか?」

と、馬鹿なことをきく無恥な男もいた。そんな意味ではない。八十歳をこえて数多くの著作や和讃を残した活動のことをさして親鸞のアクメと考えたのである。

しかし、私たち常人のアクメは、そう長くは続かない。「花の命は短かくて」である。咲いた花は散る。散った後になにが残るか。

先日、野暮用で京都の某大学へうかがった。昔は仏教系の大学だったが、いまや学生数二万ちかい堂々たる総合大学である。

学内の一室に案内されて、ふと見ると壁に立派な絵が飾ってあった。さぞかし名のある画家の作品にちがいない。

燃えるような真紅の花弁がなまめかしい花の絵である。どこかに異国ふうの味わいのある花で、散った後に青く丸い実がついているのがおもしろい。

なんの花だろうと眺めているうちに、はたと気がついた。どうやらこれは罌粟《けし》の花ではあるまいか。

〈赤く咲くのはけしの花

と、ふと学問の府には不似合いな藤圭子の歌声が頭に浮かぶ。たぶん仏教と罌粟の花とのあいだには、なにか深い関係がありそうな気がした。

罌粟の花は一日でしぼむとか聞いたことがある。花が散ると、ふっくらと丸い実があらわれる。

しかし、花が散った後に実がみのるわけではない。実は大きな花弁に包まれて隠れているのだ。華果同時《けかどうじ》というのは、そういうことだろう。

人にたとえれば、花が散るということは命終えるということだ。人生のアクメは必ず過ぎていく。

「花が散るということは、往生《おうじょう》ということなんです」

と、あるとき真宗のお坊さんの説教を聞いたことがあった。

「花が散って、実があらわれる。花が散るのが往生。散った後に実があらわれるのが成仏」

と、とてもわかりやすいお説法だった。

「しかし、花が散ったのちに実が生じるわけではない。華果同時で、花が咲いている陰にすでに実は育っている。花が散るのは命終ること。死んで花実が咲くものか、といいますでしょう。すでに花びらの陰に実は生じている。散らずとも花陰に実は育っている。花びらが散ってそれがあらわれる。現生正定聚《げんしょうしょうじょうじゅ》とは、散らずとも実あることを知る、ということです」

このあたりになると、なかなかすんなりと理解できないところがあるが、お話としてはなるほどと思う。

わが国でも、戦前、戦中に罌粟の大増産が国策として奨励されたことがあった。関西を中心として、見渡す限りの罌粟の花畠が車窓に続く風景が見られたそうだ。軍用その他のモルヒネ需要が高まったためらしい。国内ではもっぱら白一色の罌粟の花が栽培された。赤、紫、などの罌粟は、旧満州で大量に生産され、阿片の原料として財政や軍費をうるおしたという。

壁にかかった絵を眺めながら、いろんなことを考えた。アクメの過ぎ去った後にくるものは、はたしてなんだろうか。

私たちの神ははたしてどこに

「あなたは信仰を持っていますか」

と、突然きかれたら、私たちはどう答えるだろうか。

「はい。持っています」

と、即座に応じることのできる人は幸せである。イスラム教徒やヒンドゥー教徒、キリスト教の多くの人びとは、迷うことなくイエスと答えるだろう。わが国の多くの宗教団体に属している人たちも、当然のことながら、自信を持ってうなずくにちがいない。

しかし、日本人の過半数は、なかなか即答できないのではあるまいか。

「信仰ですか。えーと、そうですねえ」

わが家のお寺はどこどこでして、宗派はしかじかです、と答えたとしても、なんとなく確信がない。まして都会の暮らしが長く、故郷と縁が深くない人びとにとっては、家の宗派すら曖昧な場合が多いのだ。

仕事の関係で接する出版や放送界の人たちに、

「おたくのお家の宗派は？」

と、たずねて、はっきりした答えが返ってきたためしがないのである。

「さあ、仏教は仏教なんですがね。あれは何宗なんだろうなあ」

と、いった反応がもっぱらだ。

カトリックで洗礼を受けていたりすると、その点は明快である。私の若い頃からの仲間で、長年、労働運動にたずさわってきた友人がいるが、彼の仇名はセバ公だった。セバスチャンという洗礼名を持っていたからである。大酒呑みではあるが、聖セバスチャンという雰囲気はたしかにあった。

アメリカは、物質文明の国というイメージがつよいが、実際には宗教色の色濃い国である。なにかといえば演説の最後に、「神の御加護のあらんことを」とつけ加える社会だ。

裁判の証人が真実を述べることを誓う相手も神であり、大統領が就任するときも聖書が欠かせない。ドル札の裏にまで「IN GOD WE TRUST」とＧＯＤの文字が印刷されているくらいだ。わが国の一万円札を裏返してみても、日本銀行の名前があるだけで、

か。

まことに即物的である。

などと書きながら、ひるがえって自分にその問いが向けられれば、どう答えればよいか。

「あなたは信仰を持っていますか」

と、正面から問われて、即答できる自信は私にはない。仏教についてなにがしかの知識はあるが、知識と信仰とは関係がないだろう。

そもそも仏教というのは、宗教なのか、それとも思想なのか。宗教にも思想にも、つきつめたところにはなにがしかの神秘体験がともなう。法然も親鸞も、カルトからは最も遠い宗教家だったが、両者ともに夢が大きな契機となっていることは見逃せない。

「汝の敵を愛せよ」

「右の頰を打たれなば、左の頰をさしだせ」

などと、聖書は説く。

「餓えた虎の子には、みずからの体を与えよ」

と、経典は言う。

思想は幻想ではない。知性と論理の地上から離陸《テイクオフ》したら、それは思想ではない。地上に着地《ランディング》したら宗教ではなくなる。

親鸞も蓮如も、念仏者は信仰ある者のごとく振舞うな、と厳しくさとした。たとえ牛盗人とまちがわれても、念仏者と見られるよりましだと言う。

その人のたたずまいや暮し方を見て、なんともうらやましく、どうすればあなたのように心安らかに暮せるのか、と、熱心にたずねられたら、ただ念仏を信じる者です、と控え目に答えよう。私もそのように生きたい、と相手にせがまれれば、御同朋《おんどうぼう》として共に念仏いたしましょう、と応ずればよい。

当時、念仏が為政者の弾圧の対象であったことを考えれば、それは時代相応の姿勢だったのかもしれない。しかし、本来、伝道とはそういうものなのではあるまいか。

そもそも仏教というものは、本来、大声一番、獅子吼《ししく》して大衆に働きかけるようなものではないような気がする。キリスト教とは、そこがちがうのかもしれない。仏教発祥の地であるインドにおいて、いま仏教がマイナーな宗教である理由は、その辺にあるとも考えられる。

宮沢賢治は、家伝来の宗派である浄土真宗を捨てて、日蓮宗に転じた。転宗というのは、入信の何倍ものエネルギーを必要とする行為である。

『銀河鉄道の夜』の中に語られているように、「あの世」にでなく、「この世」に理想郷を築こうと願ったからだろうか。

その社会の現実が苛酷であればあるほど、人びとは「神の国」を憧れるものだ。アメリカ人が神を意識するのは、生きることがそれだけ戦いであることの反映だろう。

私自身、たしかな信仰を持てないボウフラのような人間であることを、あらためて噛みしめる瞬間がある。信じるものを持たないということは、たよりないことだ。しかし、信仰も信心も、求める心と射してくる光が一瞬、合致して生まれる希有な体験ではあるまいか。

今、私たち日本人の大半が私と似たような状態で生きているのかもしれない。そう考えると、明治以来、この国が神国日本を求めて苦悩し続けてきた背景がわかるような気がする。仮りにも神を持つ国に対抗するには、なんらかの神が必要だからである。さて、私たちの神は、はたしてどこにあるのだろうか。

私は死の覚悟などできない

最近、「死の準備」とか「終活」とか、いろんなことがしきりに騒がれているようだ。私のところにも、そんなテーマでコメントを求めてくる雑誌、新聞などが少くない。たぶん、死について語る適齢期と思われているのだろう。

しかし、ご本人は、というのは私自身であるが、本当は一向にその実感がないのだから困ったものである。

兼好法師の、

「死は前よりしも来《きた》らず」

というのは、けだし名言である。

「かねて後《うしろ》に迫れり」

よく見えるように前から徐々に近づいてくるのではない。背後からポンと肩を叩かれるのが死というものだ、というのである。なるほど。

私の年齢は、すでにこの国の国民の平均寿命を超えている。あす死んでも、きょう死んでも、まったくおかしくない。それにもかかわらず、ご本人にはその実感がないのだから人間というのは脳天気なものだ。おそらくその時がくる直前まで、自分が消滅することなど本気で考えてはいないのだろう。

しかし、人は死ぬ動物である。これだけは確実だ。

「人間のことを、ホモサピエンスとかいうよね」

と、知識があると自負している某編集者に言ってみる。

「はい。ホモモーベンスなどという新語もありました」

「じゃあ、ホモダイエンスというのはどうだろう。勝手な造語だが、響きがいいじゃないか」

「それは語原的に無理。教養を疑われかねません」

「教養なんてどうだっていいんだよ。いくら知識があっても、死ねばおしまいなんだから」

などとバカを言ってみるのも、まだ本当に自分が死ぬという実感がないからだろう。

このところ同世代の人たちが次々と世を去った。いわゆる昭和ヒトケタ派は、すでに絶滅危惧種である。にもかかわらず、自分が死ぬという実感がないのはどういうわけか。人間というものは、おろかなものである。むこうから近づいてくる死の影は見えずとも、背後に迫ってくる足音ぐらいには気づけないものなのだろうか。

イエス・キリストは、八十歳まで生きたブッダにくらべると、夭折《ようせつ》したというイメージがつよい。しかし当時の平均寿命は三十代だったと聞いたことがある。正確なことはわからないが、昔の人はみな早く世を去ったのだ。それが今はどうだ。わが国で百歳を超える長寿者は、実際にはすでに十万人に迫っているらしい。実際には、と、わざわざ書いたのは、公式の統計というものをあまり信じていないからである。

以前、いや今でもそうかもしれないが、百歳になると地方自治体の首長からお祝い金がとどくところがあった。役所の人が訪ねてきて、

「おめでとうございます。些少《さしょう》ですが百寿のお祝いをおとどけにまいりました」

と、なにがしかの祝い金を持参したものだそうだ。

ところが、あるとき見るからに元気そうな百寿の高齢者が、みずから区役所に祝い金を取りにやってきたという。それも軽自動車を自分で運転してである。

まあ、私自身も気持ちだけはその手の高齢者と一緒なのかもしれない。

もしもあす死んだらどうするか。いや、きょうの夕方かもしれない。そうなったときのことをちゃんと考えているのか。そう自問してみて、あらためて驚く。じつはまったく何も考えていないのだ。

私は新人の頃から自分が書いた原稿を人に見られるのがいやだった。あまりにも乱雑に書きなぐった字が、恥ずかしかったからである。

私の同世代の作家のなかには、まことに美しい原稿を書く人がいる。原稿用紙もしかるべき銘柄で、書き損じた場所を訂正してある文字さえ奥ゆかしい。そんな原稿なら、だれに見られても気にならないだろう。しかし、私の場合は、汚れた下着よりも恥ずかしい原稿だ。用紙はその辺の文房具店で買ってきた不揃いな原稿用紙だし、筆記具も万年筆、ボールペン、鉛筆、などさまざまだ。

ときには右上りの文字で、ときにはフラットな書体で、ときには右下りの変な原稿もあるという具合で、自分でも呆れるほどの乱雑ぶりである。

そもそも今どき紙に文字を書くというのが恥ずかしい時代なのだ。作家の書斎、などという雑誌のグラビア写真などを見ても、最近の作家は例外なく机上のパソコンを横にして写っているではないか。

私はある夕刊紙に、一日三枚足らずの雑文を四十余年ずっと書き続けてきた。計算してみると、ざっと三万枚あまりの原稿を書いている。最初のころは、律義にシュレッダーにかけて処分していた。それが面倒になり、ＦＡＸで送稿したあとの原稿を仕事部屋の隅に放りだしておくようになった。

一時期はマンションのゴミ焼却炉で燃やしていたのだが、それも不可能になったので困りはてたあげくが、この始末だ。

大きな地震でもきたら、たぶんその汚ない原稿の山の下敷きになって、圧死するのではあるまいか。

もっと真面目《まじめ》に自分の死を考えなければ、と反省する日々がきょうも続く。

戦争という病

体験の記憶は風化する

親鸞はとほうもない博覧強記の人だった。お坊さんに限らず、昔の人はめちゃくちゃ物憶えがよかったようである。

しかし、その親鸞でさえも、加齢とともに記憶の減退を嘆く手紙を残している。私は若い頃から人の名前を憶えるのが苦手だった。そのためにどれだけ失礼なことを繰り返してきたかわからない。

人名に関して不思議なのは、名前によって憶えやすい名前と、どうしても憶えられない名前があることだ。たとえば井上とか、加藤などという姓は、一発で記憶に残る。反対に、なぜか頭にはいらないのが村上、西田、山口、などという名前である。月並みだから憶えやすいというわけでもない。また、ありふれた名前が忘れやすいわけでもない。たぶん個人的な無意識の領域にかかわりがあることではないかと思う。

私の母親の旧姓は、持丸《もちまる》という。ときたま新聞などで持丸という名前を目にすると、たぶん九州の人だろうな、と思ったりする。

九州では餅は丸いものときまっており、上京してはじめて四角な餅があることを知って驚いた。雑煮に入れる餅は丸いほうがいいか、四角いほうがいいかで、友達とずいぶん議論したものだ。

人名と同様、どうしても頭にはいらないのが、時代である。西暦と和暦の二本立てになっているのが、また厄介だ。一九一八年といって、すっと大正七年がでてくるというわけにはいかない。さて、どうするか。窮余の一策として、西暦の下二桁から十一年を引くことにした。これだと大正何年というのがでてくる。昭和だと西暦から二十五年を引く。すこぶる面倒だが、私の頭脳では西暦と和暦とを同時にパッと思い浮かべることがどうしても無理なのだ。

このやりかたの危険なところは、満州事変のおきた年、一九三一年から十一年を引いたりすることだ。えっ？　大正二十年？　そんな馬鹿な、と混乱したりする。

たぶん学者には、学者頭というのがあるのだろう。あらゆる歴史的事件を時代と一体化して記憶しているのだ。とても作家風情にできる芸当ではない。

人名や数字がなかなか頭にはいらないのは、記憶の貯蔵庫に余計なものが一杯詰まっているからではあるまいか。

片っぱしから物を忘れるのに、なぜか頭の奥に居坐って消去できない記憶がある。ことに小学生時代に丸暗記させせられたものが消えない。

たとえば、『教育勅語』、『青少年学徒ニ賜ハリタル勅語』、『軍人勅諭』の三つがでんと側頭葉に鎮座ましますのだ。森友学園の園児の暗唱が話題になったが、あんなものではない。小学生の頃、『教育勅語』を全文、空《そら》で書取りできなければならなかったのである。モールス符号も、手旗信号もいまだに記憶は健在である。軍歌や戦時歌謡の数々をはじめ、寿々木米若、天中軒雲月、広澤虎造らの名調子も消去できない。

パソコンと同じように、人の記憶の容量にも限度というものがあるのではないか。これだけのレガシーを背負いこんで、新しい知識がはいらないのは当然だろう。

記憶というものは、じつに不思議なものである。なんの脈絡もなく、不意に頭に浮かんでくる言葉がある。私の場合には、高校時代に暗記したと思われる、こんな奇妙な単語だ。

「メタン、エタン、プロパン、ブタン、ペンタン、ヘキサン、ヘプタン、オクタン、ノナン、デカン」

なにかの折りに、しまった、と後悔することがある。すると、頭の奥からこの文句がお経のように流れだして、まあ、いいか、世の中こんなもんだ、メタン、エタン、プロパン、ブタン、だよなあ、という気分に落ち着いてしまう。

また、「ヤー、メニャー、ムニュー、メニャー、ムノーユ、アバムニュー」という呪文のような言葉が口をついてでてくることもある。どうやら大学時代に憶えたロシア語の変化らしい。いまではすっかり忘れてしまっているが、なぜかこういう奇妙な音だけが残っているのだ。

敗戦後、私たちの家族は北朝鮮の平壌《へいじょう》にいた。いまのピョンヤンである。植民地で旧宗主国の国民として敗戦を迎えてから、内地に引揚げてくるまでの記憶が、すこぶる曖昧なのはなぜだろう。

たぶん、思い出したくないことがあまりにも多かったからかもしれない。あれほど激烈な日々を送ったのに、そのあたりのディテールがすっぽり記憶から抜け落ちているのだ。なんとかその時期の記憶を再生してみたいというのが、私のいまの願いである。

なぜ正確な記憶が残っていないのか。それを鮮明によみがえらせることが、私の心理的クライシスをもたらす予感があるからだろうか。

小学生の頃の記憶が、あれほど正確に残っているのに、敗戦から引揚げまでの記憶がぼんやりとかすんでしまっているのは妙な感じである。

体験の記憶は風化する。ことに辛かった時代のことを回想し、記憶をたしかめるのは楽しい作業ではない。しかし、私たちの世代のはたすべき仕事は、その時代の記憶を正確にリアルに再現することではないのか。

そう自問自答しながら、混沌とした記憶の暗部に素潜《すもぐ》りしてみるものの、なかなか深いところへは達することができない。インナー・ダイバーとでもよべる高齢者の冒険の世界がそこにあると、わかってはいるのだが。

血がたぎるような国民歌

何度もくり返し読む本がある。

などといえば、いかにも偉そうにきこえるだろう。再読三読するといえば、『方丈記』とか、『論語』とか、古典でもひもとくのかと誤解されそうだが、そうではない。

私はもともと読書に関していえば、はなはだしく雑食性の本好きである。本屋さんの店頭で、ひょいと手にとった本を何十回もあきずに読みふけったり、勉強のつもりで買った本がまったくページを開かぬまま、ずっと机の上で埃をかぶっていたりもする。

数日前、『「国民歌」を唱和した時代』(戸ノ下達也著/吉川弘文館刊)という本を読んだ。これまでに、もう五、六回はくり返し目を通した本である。

これは同社の歴史文化ライブラリーの一冊として七、八年前に刊行されたものだが、手短かに紹介するには、表紙カバー裏の文章を紹介したほうが早いだろう。

〈満洲事変に始まり、しだいに緊迫する戦時体制下、「上から」の流行歌が戦意昂揚のため作られた。政府・軍からメディアと大衆までを巻き込み、次々と登場し唄われる「国民歌」。「うた」を通して戦争の時代を鋭くえぐる。〉

なかなか要領のいいコピーである。目次に目を通すと、

〈「戦争の時代」の文化統制〉

〈「国民歌」をめぐる言説空間〉

などというむずかしそうなタイトルが並んでいるが、内容は簡にして明、すこぶる読みやすい、良い本である。

この本の中にでてくる「国民歌」とは、軍歌でもなく、流行歌でもない、独特の一ジャンルとしかいいようのない歌の数々だ。

目的は、はっきりしている。総力戦の時代に、国民大衆の戦意を高めるために作られた歌の数々があった。それを著者は、「国民歌」とよんでいる。従来の大衆歌謡とも、クラシック系の歌曲ともちがう、独特の世界だった。

この本では、それらの歌を、五つに分類してあって、すこぶるわかりやすい。

〈(前略)第一は大和撫子《やまとなでしこ》像や銃後を守る女性像といった「女性」をテーマとしたもの、第二は軍事関係以外の国家イベントのためのもの、第三に皇国や皇軍賛美のもの、第四

に国民精神総動員への呼応、第五に戦時下の国民運動や国民生活を題材としたもの〉

こう分類すると、なんとなくややこしそうだが、実際にはそれらの運動のなかから、数々のヒット曲がうまれた。いま口にしても、名歌、名曲といっていい作品が次々と世に送りだされたのである。

盧溝橋事件の発生した一九三七年には、「海行《ゆ》かば」「露営《ろえい》の歌」「愛国行進曲」などがラジオから流れ、朝に夕に人びとに愛唱された。そして「暁に祈る」「燃ゆる大空」「月月火水木金金」など、すべての国民が熱唱する国民歌の時代へと移行していく。

〽勝ってくるぞと勇ましく
　誓って故郷《くに》を出たからは

と、どれほど多くの人びとがうたったことだろう。

〽父よあなたは強かった

と、子供も大人も口ずさみ、

〽国を出てから幾月ぞ
　共に死ぬ気でこの馬と

と、しみじみと戦地の労苦をかみしめたものだった。

この「愛馬進軍歌」は、陸軍省が主導して国民一般に楽曲募集を行ったもので、陸軍報道部、内閣情報部などが選考にあたるという軍官、メディア一体となった大イベントだった。この本によれば、それを主導したのが栗林忠道《くりばやしただみち》大佐（当時陸軍省馬政課長）だったという。

この「愛馬進軍歌」は、本当によくうたわれた歌である。レコードも、コロムビア、ビクター、ポリドール、キングなど各社が競って発売し大ヒットした。

もちろん、あの時代に一世を風靡した歌が国民歌謡ばかりだったわけではない。

同じ時期に「別れのブルース」「勘太郎月夜唄」「鈴懸《すずかけ》の径」「大利根月夜」「湖畔の宿」「誰か故郷を想わざる」「婦系図《おんな》の歌」など、かぞえきれないほどの懐しい昭和の名曲がある。

しかし、当時、少国民とよばれた私たちは、必ずしも国民歌を国から強制されてうたったわけではなかった。

〽エンジンの音　轟々《ごうごう》と
隼《はやぶさ》は征く雲の果て

と、うたうとき、実際に血がたぎるような感動をおぼえ、少年ながら御国のために命を捧げる決意をたしかめていたのである。

〽大君の辺にこそ死なめ
かへりみはせじ

心からそう思っていたのだ。戦前、戦中の国民歌には、数々の名曲があった。その背後に、どのような動きがあったかをいまになって知ったとしても、それらの歌を国民が熱唱したという事実は変らない。

国民精神の総動員というのは、あの国民歌の時代なくしてはありえなかった。この一冊を読み返すたびにしみじみとそう思う。

日本が負けるんじゃないかしら

子供のころは正月が嫌いだった。町に人通りが少なく、どこもしんと静まり返っているからである。

私の父は学校の教師だった。正月には同僚や友人らがつぎつぎと押しかけてくる。客がくるとすぐに酒になった。昔の日本人の大人は、やたらと酒を飲む習性があった。酒を飲むと、歌になる。詩吟だの民謡だのを披露しているあいだはいいが、やがて軍歌や猥歌になる。あげくのはては大乱れに乱れて、取っ組み合いをするやら、悪酔いして吐くやらで、始末におえない。

母親はそれなりに愛想よく振舞っていたが、陰ではうんざりした表情を隠さなかった。客が帰ったあとは、台風が通りすぎた港みたいな感じだった。ため息をつきながら後片付けをしている母親をよそに、父親は座敷で高いびきをかいて寝込んでいる。

正月とは、そういうものだと思っていた。だから嫌いだった。

夜は寒い。夜中に用をたすためには、廊下を歩いて暗い便所までいかなければならない。それが怖くて、我慢しているうちに思わずもらしてしまう。布団の中に生暖かい感触がひろがると、罪の意識と奇妙な快感でうっとりする。

朝、はやく起きて、布団を自分でたたみ始めると、必ず母親に感づかれた。恥ずかしさと申訳なさで気持ちが萎える。正月早々《そうそう》、と自分でうんざりする。

小学生のころは、父の勤務先の学校の公舎に住んでいた。町から離れていて、学校農園の中に図書室と隣接してその家はあった。近所にはほかの家もなく、店もない。お年玉をもらっても使う場がなかった。

正月の三が日、客のこない昼間は、父は日本刀の手入れをしたり、手回しの蓄音器で浪曲のレコードを聴いたりしてすごしていた。

ときどき竹刀《しない》をもって、私に切り返しの稽古をつけたりもした。父親は師範学校のころからの剣道の有段者で、防具をつけずに私に剣道を教えこもうとした。

ある年の正月、父親の日本刀を勝手に抜いて手入れの真似事をしていたら、あやまって指を切ってしまったことがある。

詩吟の特訓をうけるのも、日課のひとつだった。

〽妻は病床に伏し　児は飢えに泣く

などという詩をうたわされると、子供心に、なんという哀れな詩だろうと気が滅入った。しかし、節をつけて大声でうたうことで、かなり数多くの漢詩を暗記したのは、いまになってみると有難いような気がしないでもない。

とはいえ、漢詩といっても大半は和製の詩である。仏教と同じで、日本式の漢詩であるが、それはそれで一つの世界であるといっていいだろう。明治、大正のころは、和製の漢詩を作ったりうたったりするのは、社会人の素養だったようである。作家、文化人は当然のことながら、政治家、軍人、実業家なども漢詩に親しむ気風がもっぱらだった。

大正天皇は影の薄い天子と見られがちだが、歴代の天皇のなかで、つくった漢詩の数ではナンバーワンだとされている。父親は大正天皇の御製《ぎょせい》集を大事にしていた。乃木将軍と、広瀬淡窓《たんそう》と、大正天皇の詩を好んでうたった。

正月は羽織姿だった父親も、戦争がはじまると国民服を着るようになった。帽子は戦闘帽である。やがて小学校も国民学校と名前が変り、校庭で分列行進や軍歌斉唱などの訓練をするようになった。

父は夜明けまで玄関の三畳の間で、なにか一所懸命に書きものをしていた。あるとき、こっそりとその原稿の表紙を見たら、『禊《みそぎ》の弁証法』と書いてあった。

訪れてくる客たちも、なんとなく雰囲気が変ってきたように思われた。なんでも東亜連盟の人とか、若い将校などがしばしばやってきていたらしかった。

そんな時代の父親のことを、後年、「皇道哲学者」のはしくれだったとインタヴューでいったら、誌面では「行動哲学者」となっていて首をかしげたことがある。

一方、母親のほうは、オルガンを弾いて昔の童謡などをうたうことがあった。西條八十とか、北原白秋などの歌が多かった。

〽雨が降ります　雨が降る

とか、

〽この道は　いつかきた道

などと小声でうたっている母親をみると、なぜだか急に悲しくなってきたことをおぼえている。

この話は前に何度も書いた記憶があるが、山本五十六連合艦隊司令長官が戦死したニュースが流れたとき、母親がふと、

「この戦争、日本が負けるんじゃないかしら」

と、つぶやいたことがある。

そのとたんに、そばにいた父親がいきなり母親の頰を平手で叩いた。かなりの打撃だったようにみえた。

「非国民！」

と、父親は大声でいった。悲鳴のような声だった。

それから、やがて敗戦の夏がやってきた。父親の一生は、そこで終ったような気がする。

歴史は本当のことを教えない

戦争が終ったとき、満で数えると十二歳だった。北朝鮮の平壌という街にいた。いまのピョンヤンである。中学の一年生だった。

少年とはいえ、日本人である。かつての植民地支配者の一族として、それなりの体験を味わったのは当然だ。ひどい状況のなかで母が死に、教師だった父親は腑抜《ふぬ》けになったように呆然としていた。

売り食いも三日ともたない。家財道具ぐるみ、家がソ連軍に接収されたのだから、当然だろう。父親ご自慢のロンジンの腕時計も、たちまちわずかな雑穀に変ってしまった。

弟と、妹がいた。私は長男である。一家四人を食わせなくてはならない。仕方なく、同じ年頃の仲間たちと組んで、いろいろアブない事をした。それも保安隊の取り締まりが厳しくなって、足を洗うことになる。どうやら一節太郎の「浪曲子守唄」みたいな立場に追いこまれた。などと言っても、今の若い人には通じないかもしれない。とにかく十二歳の私の肩に家族四人の生活がかかっていたのである。生活、というより、生存だ。

当分、引揚げの見込みはなさそうだった。やがて零下何十度かの北朝鮮の冬がやってくる。すでに延吉熱《えんきつねつ》とかいう怖い伝染病が広がりはじめていた。シラミが媒介するという話だった。たぶん、今でいう発疹チフスのようなものだろう。

なんとかしなくてはならない。そこで私情を捨てて、ソ連軍の施設に物乞いにいった。なぜかソ連の高級将校たちは、家族ぐるみでピョンヤンに進駐してきていたのである。その将校宿舎のフェンスごしに、大声で叫ぶのだ。きまり文句は物乞いの先輩から教えてもらっていた。

「パパ・ニェート！　ママ・ニェート！　フレーブ・ダワイ！　パジャールスタ！」

「父ちゃんいない！　母ちゃんいない！　パンをおくれ！　お願い！」

みたいなセリフだろう。こちらは意味もわからず、口うつしでおぼえたセリフを大声でくり返すだけだ。

必死で叫んでいると、将校の奥さんらしきマダムが黒パンのブロックや、肉の残った骨などを手渡してくれる。いつもうまくいくとは限らない。ときには自動小銃をもった兵隊がやってきて、どなったりする。なかには銃口でこちらの頭をこづいたりするやつもいた。

毎日、通っているうちに、一人のマダムが手招きして何か言った。どうやら仕事を手伝うか、ときいているらしい。ダー、ダーと、藁《わら》にもすがる思いでうなずくと、兵隊を呼んで宿舎のなかに入れてくれた。

まず、物置き小屋につれていかれた。そこに積んである廃材を斧《おの》で割って、燃料を作れと言っているらしい。マダムがまずやってみせる。重そうな斧を片手で軽々と振りあげて、バシッと廃材を叩き折る。なにしろ丸太のようなふとい腕なのだ。私がその斧を受けとると、よろめきそうになった。

それでも何時間かがんばって、薪《まき》の束をいくつかこしらえた。様子を見にもどってきたマダムが、「ハラショ！」と親指を立てて、黒パンの大きな塊を新聞紙に包んだやつを渡してくれた。家族四人で食べても二、三日分ぐらいはありそうだった。

その日から、毎日のようにそのマダムの家に通った。仕事はさまざまだった。洗いものは勿論、旦那のカピタンの長靴をピカピカに磨きあげるのも私の役目になった。

ロシアの将校は、階級に関係なくカピタンと呼ばれていた。香港あたりで日本人男性が「シャチョーさん」と呼ばれるようなものだろう。彼らはなぜか足にぴったりの革長靴をはく。脱ぐときは大変だ。ベッドの上に坐ったカピタンの長靴を、マダムと二人で力いっぱい引っぱって、ようやく抜けるのである。

ベッドには厚みのあるベッドカバーがかかっていた。和服の帯を縫い合わせて作ったベッドカバーらしい。たぶん日本人の住宅から分捕ってきた戦利品だったのだろう。

冬が近づいていた。引揚げの噂は、いつもデマだった。徒歩でピョンヤンを脱出し、三十八度線をめざすグループもいたが、成功の確率は低かったようだ。すこしずつ元気をとりもどした父親は、昔の教え子のコネをたよって、働きにでるようになっていた。

私は十三歳になっていた。将校宿舎の仕事は、やがて終りをつげた。マダムの旦那のカピタンが異動することになったのである。

その年の冬は大変だった。シラミにはなれっこだったけれども、ピンデという小さな虫には悩まされた。それを南京虫《なんきんむし》と呼んでいたが、じつに厄介な虫だった。

どんなふうにしてその冬を切り抜けたかは、なぜか思い出せない。高齢者は戦争中のことや体験を語りつげ、などというが、はたしてそんなことが可能なのだろうか。

「不語似無憂」（カタラザレバ　ウレイナキニニタリ）という文句が、いつも頭の奥にわだかまっている。

戦後七十年。

「人は歴史に学ばない」

と、いうが、

「歴史は本当のことを教えない」

と、いう気もする。この年になっても、なおはじめて知って衝撃を受けるような事実が沢山あるのだ。世にいう歴史というものは、真実のうわべに過ぎない、と思うのは、やはり敗戦を体験した人間の後遺症なのだろうか。

戦前は一日にしては成らず

記憶というのは不思議なものだ。

これは大事なことだから、なんとか憶えようと何度くり返しても忘れることが多い。そのくせ六十年、七十年も昔の記憶が頭の中に居坐ってどうしても消えなかったりする。

最近でも本を読むたびに、これはしっかり憶えておこう、と思うことが多々ある。ところが三日もたつと、いつのまにやらきれいに忘れさっているのだから情けない。

人間の記憶の容量は、ほぼ一定ではないのか。特別な天才は例外である。ふつう一般の人びとに関していえば、それほど大きな差はないように思う。

古い記憶がぎっしり詰まっていると、新しい記憶を押しこむ余地がなくなってくる。空きがないから詰めこむことができないのだ。なんとか不必要な昔の記憶を放出できないものだろうか。

そんなことを考えるのも、このところ記憶力がめっきり衰えてきたせいだろう。なにしろ最近は情報の量が多すぎるのである。
世界の女子フィギュア界をリードするロシアの選手たちの名前は、やたらと難しい。
リプニツカヤとか、ソトニコワとか、ラジオノワとか、やっと憶えたと思ったら、
「いまはメドベージェワでしょう」
と皆が言う。
次から次へと流れこんでくる情報を、古い記憶で満杯の頭では処理できないのである。
古い記憶。
連休になると、昔の祭日のことを、つい思いだしてしまう。
紀元節。天長節。大詔奉戴日《たいしょうほうたいび》というのもあった。

〽肩を並べて　兄さんと
今日も学校へいけるのは
兵隊さんのお陰です
お国のために　お国のために戦った
兵隊さんのお陰です

なぜかこんな歌が口をついてでてくる。

軍人勅諭の文句が記憶によみがえる。これは正式には〈陸海軍軍人ニ賜ハリタル勅諭〉という。中学に入学する前に、私たち少国民はこの全文を暗記していた。嘘のようだが本当である。いまでも、

　我国ノ軍隊ハ世世天皇ノ統率シ給フ所ニソアル　昔神武天皇躬《み》ツカラ大伴物部ノ兵トモヲ率ヰ中国ノマツロハヌモノトモヲ討チ平《たいら》ケ給ヒ高御座《たかみくら》ニ即《つ》カセラレテ天下シロシメシ給ヒシヨリ二千五百有余年ヲ経ヌ　此間世ノ様ノ移リ換ルニ随ヒテ兵制ノ沿革モ亦屢《しば〳〵》ナリキ　古ハ天皇躬ツカラ軍隊ヲ率ヰ給フ御制ニテ時アリテハ皇后皇太子ノ代ラセ給フコトモアリツレト大凡《おおよそ》兵権ヲ臣下ニ委ネ給フコトハナカリキ

などの文章の一部が、とぎれとぎれに記憶によみがえってくる。ローマは一日にしては成らず、という。戦前のこの国も一日にしては成らなかった。明治以来の民衆教化のたゆまぬ努力が、国民の意識と感性を培ってきたのだ。

子供たちがうたう歌も大きな役割をはたしていた。

〽ぼくは軍人大好きよ
いまに大きくなったなら
勲章つけて　剣さげて
お馬にのって
ハイ　ドウ　ドウ

と、いたいけない子供までがうたったのだ。
いまはディズニー映画の主題歌などを子供たちはうたう。おそらく一生その歌は記憶に残ることだろう。

〈戦前は一日にしては成らず〉
という短文をある雑誌に書いたのは昨年のことだ。一朝一夕で国民の意識が変るわけがない、という主旨だった。戦前の日本人の感性は明治以来のたゆまぬ教化によって出来あがったものである。民衆は盆踊りに熱狂し、ほどほどの知識人は詩吟を高唱した。

軍歌だけが戦意を高揚させたわけではない。絶妙のメロディーと哀切な歌詞があいまって国民の心をかきたてたのだ。

都市部の市民たちの絆を組織した隣組《となりぐみ》は、こんな歌なくしては成立しなかった。

〽トントントンカラリと隣組
格子を開ければ顔馴染《かおなじみ》
回して頂戴回覧板
知らせられたり知らせたり

岡本一平の軽妙な詞に飯田信夫の明るい曲がすばらしく合って、町中の大人も子供もトントントンカラリと愛唱したものである。この隣組がなくては、国民精神の総動員はありえなかったと思う。

当時、百二十万枚のレコード売上を記録した「東京音頭」は、いまも愛されるスタンダードナンバーである。その歌詞はこんなふうに続く。

〽東京よいとこ　日本《ひのもと》てらす
君が御稜威《みいつ》は
君が御稜威は天照《あまて》らす

花になるなら　九段の桜
大和心の　大和心のいろに咲く

戦前がやってくるのではない。戦前は続いているのだ。

「マサカ」への覚悟

東京の街を歩くたびに、なにか幻をみているのではないか、と、ふと思うことがある。右を見ても、左を見ても、巨大なビルが次々と建設中なのだ。

それも半端なビルではない。ガラスと軽金属張りの直線的なデザインのビルばかり。大企業が異常なほどの内部留保を積みあげている、という記事を読んだ。乱立する巨大なビルは、そのトリクル・ダウンが勤労者の給料にいかず、ビル建設に向けられている証拠なのかもしれない。

目を閉じると、それらの巨大ビル群が一挙に崩壊し、消滅するイメージが浮かんでくる。かつて七十余年前は、一面の焼け野原だった街だ。それが百年もたたぬうちに、驚くほどの超近代ビルが乱立する街になっている。

なんだか夢を見ているような気分だ。いま自分の目にしているのは、幻ではないかとふと思ったりする。

大相撲も、野球も、サッカーも、フィギュアスケートも、超満員である。街のレストランも行列ができている。景気がいいのか、悪いのか、うわべだけを見ていたのではさっぱりわからない。統計とか数字も当てにはならない。

政治も、経済も、犯罪も、あらゆることが「マサカ！」「アリエナイ！」のオンパレードである。

＊

明日がわからない、というのは、私たち戦後世代の口ぐせだった。しかし、いまの「マサカの時代」のあり方はそうではない。一方では株高や大企業の好調があり、一方で超有名企業の謝罪会見があいつぐのだ。

貯金の総額は増えつづけているのに、一般世帯の貯金は減る一方だという。「株を買っときゃよかったなあ」というのが民草の最近の口ぐせだ。タミクサ、すなわち雑草である。雑草は伸びれば草刈り器で刈りとられるのがオチだ。

ニョキニョキと空に伸びていく巨大ビル群を眺めながら「マサカの時代」にどう生きるかを考える。考えたところで、いい考えは浮かんでこない。この先に何が待っているのか。年をとっていることが有難く感じられる今日この頃である。

人力が馬力に変り、蒸気機関が石油内燃機関に変って、いままたエネルギーの変換期にさしかかっている。

*

電気エネルギーの時代はすでに汽車が電車に変った時点ではじまっていた。

私が上京したのは昭和二十七（一九五二）年の春である。九州の博多から急行列車に乗って二十四時間かかった。阿蘇、玄海、雲仙などがその列車である。いまは新幹線で五時間あまりの旅だ。そのうちリニア・モーターカーが博多まで通るようになって、あっというまに九州へ着くことになるだろう。

電化はすでに時代の流れだった。そのなかで、比較的長く石油時代を続けたのが自動車である。電気自動車や水素自動車などが発表されても、世界の大勢は一朝一夕には変らないと思っていた。

ところがマサカの事態はヨーロッパから起こった。フランスが先頭に立ってガソリン車廃止のプログラムを打ちだしたのだ。

もちろん、そう簡単に地球上の自動車が電化することはないだろう。だが、すでに大勢は決まったのだ。自動車はやがてすべてが電気で走るようになる。

そうなると電力の供給が問題だ。火力発電で重油を燃やしていたのでは意味がない。そうなると電力を生みだすエネルギーは？　フランスはキュリー夫人以来の原子力王国である。映画『シェルブールの雨傘』でロマンチックなイメージをＰＲしたシェルブールは、ヨーロッパ有数の使用済み核燃料の処理場である。

さまざまな代替燃料や、太陽光、水力などが活用されても、しょせん自動車のエネルギーとしては足りないだろう。結局は原子力産業がその供給源となるのは目に見えている。

かつて蒸気機関も相当な公害をまきちらした。いまでも県庁所在地が鉄道と離れた場所にある例が多いのは、当時の鉄道が周囲を汚染するのを嫌ってのことだった。ディーゼル・エンジンやガソリン車による大気汚染は、北京の空に象徴される。原子力もまた目に見えない汚染を拡散する。電力も汚れたエネルギーであることに変りはない。風力、太陽光、水力で世界の全エネルギーをまかなう可能性は、いまのところない。

しかし、自動車オタクであった私にとって、ガソリンから電気への転換のはやさは、まさしく「マサカ」の展開だった。友人のなかにも、すでに日産リーフに乗りかえた者もいる。方向が変れば雪崩を打って世界は変るのだ。まさにマサカの展開である。

癌を告知された人の最初の反応は、「マサカ！」だろうと思う。「マサカ自分が癌に」というのが自然の反応だ。

最初は告げられた事実に実感がなく、ただ呆然と立ちすくむだけではあるまいか。

癌が最大の死因とされていることは知っている。何人に一人、という数字を目にしたこともある。しかし、それでも「マサカ！」と信じきれない気持ちがあるのではないだろうか。

＊

やがていやおうなしに事実を認めざるをえなくなる。その時、心に浮かぶのは、「ナゼ？」という重い疑問かもしれない。確率はそうだろうが、なぜ自分が、という納得のいかない感情だ。「ナゼこの自分が癌に」。友人、知人のなかには、生活習慣など気にもしていない連中が沢山いる。酒を飲み、煙草を吸い、夜更かしをしながら癌に無縁の人間が沢山いるのに、どうしてこの自分が、という思いだろう。

「マサカ！」「ナゼ？」、そしてその後にやってくる感情は、どういうものだろうか。私には想像がつかない。それは本人だけが知る内面のドラマだからである。

老いは人間ひとしなみに平等に訪れてくる。多少の差はあっても老化のプロセスはほとんど運命のようなものだ。しかし、病気は気まぐれに特定の人に降りかかる。不条理といえば、これほど不条理なことはあるまい。

経済的な格差だけが論じられるが、運命の格差はだれに責任をとらせるわけにもいかない。「神も仏もあるものか」とは、そのような不条理に直面した人間の率直な反応にちがいない。

「マサカ」は、健康面だけでなく、あらゆる状況で私たちの上に降りかかってくる変革への衝撃的な反応だろう。しかし、私たちは一生のうちに数回、または数十回ぐらいの度数で「マサカ」の事態に直面するのが常だ。

しかし、今の時代はそうではない。「マサカ！」の出来事が連日のようにおそいかかってくるのだ。日々が「マサカ」の連続で、明日を予測することなど、ほとんど不可能であると言っていい。

今後もさらに「マサカ」の時代は続くだろう。私たちはやがてそれに麻痺してしまって、驚かなくなるだろう。すでにその徴候は現れはじめている。衝撃的なニュースにも愕然としなくなってしまっているのだ。これも一種の病気なのかもしれない。

＊

何が起こるかわからないのが「マサカの時代」の法則だ。希望的観測はほとんど外れる。何がどうなるかは、誰にもわからない。

少子化の悩みは、世界の悩みではない。先進文明国だけの問題なのである。世界的な視野で見てみると、地球上の人口は激増しつつあるのだ。およそ一年間に八千万人ずつ増えていると統計では示されている。世界の人口は、すでに地球が背おいきれないほど増え続けているらしい。

血糖値の問題もそうだが、二つの動きが上下に激しく開くことが問題なのだ。二つの流れが同時に起こることとの衝撃である。一方で極端な富裕層が増え、その反面で低所得者が激増する。人口の問題のカギもそこだろう。一方に少子化で悩む先進国があり、一方で人口爆発が進んでいる。そして世界全体の人口は今とめどなく激増しつつある。

＊

いまや少々のことでは驚かなくなってしまった私たちだが、今後もさらにくり返しマサカ・ショックが訪れてくるだろう。

東京オリンピックにしても、はたして無事に開会にこぎつけられるのだろうか。「マサカ」の展開は、すべての予測や期待を裏切って発生する。「一寸先は闇」というのは、すでに政治の世界の話だけではなくなってしまった。私たちは「マサカの時代」に生きているのだ。

*

私たち旧世代は、さまざまな「マサカ」を体験してきた。年表や資料で知っているのとはちがう。実体験と研究の差は、決定的に異なるのだ。

歴史を学ぶことは大事だ。人は過去を知ることで未来をめざす。しかし、明治維新ひとつをとっても、百人百様の見方があって、それぞれにちがう。

日米開戦は、私たち昭和の国民にとって「マサカ」の驚きだった。真珠湾の大戦果は、「マサカ」の感激だった。山本五十六提督の戦死も「マサカ」のショックだった。原子爆弾のニュースも「マサカ」の戦慄だった。そして「マサカ」の敗戦。

戦後のインフレと預金封鎖。そして新円切り替え。まさか自分の預金が封鎖されておろせなくなるなどは、夢にも考えなかった。

「マサカ」といえば、現在でも預金封鎖がありえないことではないことを私たちは知っている。国家というのは、そういうことを堂々とやれる権力をもっているのだ。ありえないと思っても、ないとは断言できない。かつて実際にあったことなのだから。

この国に徴兵制などありえないと国民は思っている。しかし、明治以前に、国民皆兵などという制度はなかった。いまの若者たちは、戦争は自衛隊がやるものと思っているようだ。しかし現代の戦争は総力戦である。前線部隊を叩くだけではなく、国土と国民生活を徹底的に破壊することが常道なのだ。

超高齢社会とは、だれもが百歳まで生きる可能性のある世界のことである。国際アルツハイマー病協会の推計では八十代後半で四十パーセントがアルツハイマー病になるということだ。九十代後半では八十パーセントが痴呆化するという。

「マサカ」この年まで生きるとは思わなかった、と天を仰ぐ時代がきたのだ。私自身も「マサカ」この年まで生き長らえて原稿を書くことになるとは予想もしていなかった。明治時代の作家は、四十代、五十代で世を去るのが当たり前だったのである。

いま現在でも、いきなり「今日は何月何日？ 何曜日？」ときかれて、即答できない場面がしばしばある。痴呆の一歩手前まで来ていると見ていい。

人間は歴史に学ばない、と私はずっと言ってきた。「マサカ」「マサカ」の繰り返しの中で生きてきながら、それでもこりずに「マサカ」「いくらなんでも」と思いこんでいる。ルールなどない時代なのだ。「マサカ」は常に目前にあると覚悟したい。

初出：『新潮45』二〇一八年一月号所載「マサカ」の時代
『週刊新潮』連載「生き抜くヒント！」二〇一六～一八年
『日刊ゲンダイ』二〇一七年十一月十四～十八日付より。

五木寛之　1932年福岡県生まれ。作家。『蒼ざめた馬を見よ』で直木賞、『青春の門　筑豊篇』他で吉川英治文学賞。近著に『親鸞』三部作、『孤独のすすめ』など。

Ⓢ新潮新書

761

マサカの時代《じだい》

著　者　五木寛之《いつきひろゆき》

2018年４月20日　発行

発行者　佐　藤　隆　信

発行所　株式会社新潮社

〒162-8711　東京都新宿区矢来町71番地
編集部(03)3266-5430　読者係(03)3266-5111
http://www.shinchosha.co.jp

印刷所　錦明印刷株式会社

製本所　錦明印刷株式会社

ISBN978-4-10-610761-0　C0210

新潮新書

336 日本辺境論 内田樹

日本人は辺境人である。常に他に「世界の中心」を必要とする辺境の民なのだ。歴史、宗教、武士道から水戸黄門、マンガまで多様な視点で論じる、今世紀最強の日本論登場！

423 生物学的文明論 本川達雄

生態系、技術、環境、エネルギー、時間……生物学的寿命をはるかに超えて生きる人間は、何を間違えているのか。生物の本質から説き起こす、目からウロコの現代批評。

500 国の死に方 片山杜秀

リーダー不在と政治不信、長引く不況と未曾有の災害……近年、この国の迷走は、あの戦争へと至る道に驚くほど通底している。国家の自壊プロセスを精察する衝撃の論考！

589 西田幾多郎 無私の思想と日本人 佐伯啓思

世の不条理、生きる悲哀やさだめを沈思黙考し「日本人の哲学」を生んだ西田幾多郎。自分であって自分でなくする「無私」とは？ 日本一〝難解〟な思想を碩学が読み解く至高の論考。

613 超訳 日本国憲法 池上彰

《努力しないと自由を失う》《働けるのに働かないのは違憲》《結婚に他人は口出しできない》《「戦争放棄」論争の元は11文字》……明解な池上版「全文訳」。一生役立つ「憲法の基礎知識」。

Ⓢ新潮新書

582
はじめて読む聖書
田川建三 ほか

なるほど。そう読めばいいのか！　池澤夏樹、内田樹、橋本治、吉本隆明など、すぐれた読み手たちの案内で聖書の魅力や勘所に迫る。「何となく苦手」という人のための贅沢な聖書入門。

605
無頼のススメ
伊集院静

情報や知識、他人の意見や周囲の評価……安易に頼るな、倒れるな、自分の頭と身体で波乱万丈を突き抜けろ。著者ならではの経験と感性から紡ぎだされる「逆張り」人生論！

684
ブッダと法然
平岡 聡

古代インドで仏教を興したブッダ。中世日本で念仏往生を説いた法然。常識を覆し、独創的な教えを打ち立てた偉大な〝開拓者〟の生涯と思想を徹底比較。仏教の本質と凄みがクリアに！

713
人間の経済
宇沢弘文

富を求めるのは、道を聞くためである——それが、経済学者として終生変わらない姿勢だった。経済思想の巨人が、自らの軌跡とともに語った、未来へのラスト・メッセージ。

738
人生の持ち時間
曽野綾子

いつの時代、どこの国に生まれようと、人間を取りまく現実はしばしば善悪を超えている。自分では変更できない運命の部分と、どう向き合うかを説く15話。